Katharina Ferihumer

Wenn ich lebe

Bibliografische Information der Deutschen Nationalbibliothek: Die Deutsche Nationalbibliothek verzeichnet diese Publikation in der Deutschen Nationalbibliografie; detaillierte bibliografische Daten sind im Internet über dnb.dnb.de abrufbar.
Die automatisierte Analyse des Werkes, um daraus Informationen insbesondere über Muster, Trends und Korrelationen gemäß §44b UrhG („Text und Data Mining") zu gewinnen, ist untersagt.

Umschlaggestaltung von © Farbenmelodie
Bildmaterialien: „Mädchen am Fenster"
©Fotografin: Anett Beinsen http://farb.foto/
Model: Sarah Marie Beinsen
http:www.facebook.com/beinsenmsarahmarie
„Pusteblumen" ©pixabay/inspiredimages

Verlag: BoD · Books on Demand GmbH, Überseering 33, 22297 Hamburg, bod@bod.de
Druck: Libri Plureos GmbH, Friedensallee 273, 22763 Hamburg
ISBN: 978-3-7386-3542-3

Für alle,
die an einem Wendepunkt
Ihres Lebens stehen.

Für alle,
die sich für das
Leben entscheiden.

Für alle Kämpfer,
Träumer und
Hoffnungsträger.

Triggerwarnung: (Achtung Spoiler)

Dieses Buch enthält potenzielle Trigger:

Selbstmordversuch, Selbstmord (Erwähnung)
Tod eines geliebten Menschen, Depressionen,
Selbstverletzung, Koma,
sexueller Missbrauch (Erinnerungen daran)

Die Geschichte von Caitlin ist keine zuckerrosa,
idyllische, heile Welt - Story. Sie ist
schonungslos, roh, aber auch zart und sensibel.

Frei erfunden und doch wahr!
Und es gibt so viele davon. So viele Opfer, so
viele stumme Schreie, so viel Hilflosigkeit und
Schmerz.

Vielleicht ist dieses Buch ein Appell, eine
Aufforderung an euch, hinzusehen, laut zu
werden, sichtbar zu sein.

Prolog

Das warme, dunkelrote Blut quoll aus meiner Wunde am Unterarm. Es floss langsam hinunter, über meine reglose Hand, ergoss sich am steinernen Boden und bildete eine dunkle Lache. Ich ließ das Messer fallen und glitt ungewollt an der Wand hinab. Meine Augen schlossen sich wie von selbst. Ich spürte nur das warme Brennen der Wunde und die Kälte des Bodens auf meiner Haut. Mein Atem ging flach und auch meine Gedanken kamen zur Ruhe. Alles um mich herum wurde dumpf und still. Dumpfer als sonst, stiller denn je.

Tag 1

Langsam erwachte ich aus einem tiefen, schwarzen Nichts.
Ich wusste, ich hatte überlebt.
Mein Leben war nicht vorbei. Mein Leiden nicht zu Ende. Ich hatte nicht geschafft, mein Dasein zu beenden. Leider.
Und doch wollte ich nur eines: Leben!
Nicht überleben, sondern leben!
Ein grelles Licht ließ meinen Blick verschwimmen. In meinem Kopf hämmerte der Schmerz der Verzweiflung. Die Sehnsucht nach dem Tod und dem Leben. Ich versuchte eine Hand zu heben, doch sie war kraftlos. Sie schmerzte. Alles schmerzte. Und doch war da nichts. Nichts von Bedeutung. Nichts als Leere, die mich wieder hinabzog in das tiefe, schwarze Loch. Eine bleierne Schwere umhüllte meinen Körper, meine Seele, mein Ich.
Vielleicht sterbe ich ja doch...

Tag 2

››Caitlin?‹‹

Ich konnte eine Stimme hören. Wie ein Gesang, ganz leise und so weit entfernt, als hätte sie der Wind zu mir getragen. Ich erkannte meinen Namen. Immer wieder.

Widerwillig öffnete ich meine Augen. Es war hell. Zu hell. Meine Augen konnten sich kaum an das grelle Licht, das von der Decke schien, gewöhnen. Eine kleine, zierliche Gestalt stand leicht gebeugt vor mir. Es dauerte einige Augenblicke, bis ich sie als Krankenschwester ausmachen konnte. Sie sah mich besorgt an.

››Ich bin im Krankenhaus‹‹, murmelte ich benommen, doch es sollte eigentlich eine Frage sein.

Für einen kurzen Moment wusste ich nicht mehr, warum ich überhaupt hier war.

Erst langsam kamen die Erinnerungen wieder. An das Messer, an meine Hand, an das Blut und an die Verzweiflung, die so übermächtig schien.

››Caitlin. Guten Morgen. Schön, dass Sie wieder bei uns sind.‹‹

Wieder? Wie kam ich hier her?

Der hämmernde Kopfschmerz erschwerte das Denken. Jeden einzelnen Gedanken musste ich heranziehen. Ihn lesen, wie aus einem fremdsprachigen Buch.

Und doch hatte es auch etwas Gutes. In meinem Kopf herrschte endlich Stille. Trostlose Leere, die befreiender gar nicht sein konnte.

››Möchten Sie etwas essen?‹‹

Ich wusste es nicht. Ich hatte kein Gefühl für Hunger und auch nicht für Zeit.

Wie viel Zeit wohl schon vergangen war? Stunden? Tage?

Vor dem Fenster sah ich helle Umrisse. Es musste also Tag sein. Ich versuchte mich umzusehen, doch alles war verschwommen. Vor mir stand noch immer diese zierliche

Krankenschwester, die mehr Ähnlichkeit mit einem kleinen Mädchen, als einer erwachsenen Frau hatte, und stellte den Infusionstropf ein. Ich fokussierte den Blick auf ihr Gesicht, auf ihre Augen. Doch alles blieb eine einheitliche, graue Masse, unscharf umrandet.

Es machte mir Angst nicht richtig sehen zu können. Ich wollte sie fragen, doch ich war zu schwach, um zu sprechen. Zu schwach zum Essen. Ich wollte nichts, nur schlafen! Und noch bevor ich darüber nachdenken konnte, war ich schon wieder gefangen. Hinab gezogen in das schwarze Nichts.

Tag 3

Ich wachte durch starke Bauchschmerzen auf. Es dauerte einige Minuten, bis ich festmachen konnte, woher der Schmerz kam. Mein Magen zog sich krampfhaft zusammen und schob die Übelkeit des Hungers immer höher. Ich wusste nicht, wann ich das letzte Mal etwas gegessen hatte, aber es war lange her.

Dumpf erinnerte ich mich an die Worte der Krankenschwester, als ich Stunden zuvor erneut das Essen verweigerte.

››Wenn Sie so weiter machen, müssen wir Sie zwangsernähren...‹‹

Da war es mir auch noch egal, ich war wie in Trance, nur halb anwesend und wollte nur weiterschlafen, aber nun ängstigte mich diese Vorstellung. So wie mir alles hier Angst machte. Ich war gefangen in einem Bett, mit einem Lederriemen an die Bettstange gefesselt. Völlig hilflos und ausgeliefert. Ich hatte keine

Kontrolle. Weder über meinen Körper noch über mein Leben. Ständig wurde die Stille durch Krankenschwestern unterbrochen. Sie kamen herein, sahen mich an, blickten mir in die Augen, sprachen zu mir. Belanglose Worte. Stumpfsinnig, ohne Bedeutung für mich.

Erst jetzt fiel mir auf, dass ich wieder richtig sehen konnte. Die Kopfschmerzen waren noch da, aber die Bilder waren klar und deutlich.

Als ich endlich wieder alleine war, setzte ich mich etwas auf und betrachtete mein Zimmer.

Meins, für die nächsten Tage oder Wochen?

In diesem kahlen Raum würde ich mich nie wohlfühlen können. Alles war kalt und steril, selbst die Bettwäsche. Es gab keine Vorhänge und keine Uhr. Nur ein abstraktes, grün-blaues Bild an der Wand unterbrach das kahle Weiß der Wand.

Gefühllos.

Zeitlos.

Sinnlos.

Es wirkte wie ein Krankenzimmer und doch ähnelte es einem Gefängnis. Meine Hand war am Bettgitter fest geschnürt, so eng, dass ich sie kaum bewegen konnte. Die Toilettentür war abmontiert worden und die kleinen Fenster waren verriegelt. Ich fühlte mich eingesperrt und das, wo ich doch bloß frei sein wollte, für immer frei. Welche Ironie.

Die Tür ging erneut auf und endlich kam ein richtiger Arzt herein. Jemand, der sich auskannte, der Bescheid wusste,

vielleicht auch über mich? Mehr als ich?

››Hallo Caitlin!‹‹

Er lächelte mich an und reichte mir seine Hand. Zögernd gab ich ihm meine und erschrak über mein heftiges Zittern. Er hatte einen festen Händedruck, meine Hand lag eher schwach in seiner. Es tat gut, etwas Halt zu haben, auch wenn es nur Sekunden anhielt.

Ich betrachtete diesen Mann, der sich einfach neben mich an den Rand des Bettes setzte. Er war stämmig gebaut, mit breiten Schultern und kräftigen Armen. Sein Schnurrbart wirkte autoritär sowie sein militärischer Haarschnitt. Nur sein Lächeln, das sogar seine rehbraunen Augen erreichte, zeigte Freundlichkeit und Verständnis.

››Hallo‹‹, hörte ich mich sagen.

Meine Muskeln fühlten sich schlaff und müde an. Sogar das Sprechen fiel mir schwer.

››Wie geht es dir Caitlin? Ist es okay, wenn ich dich duze?‹‹

Es war mir egal, sollte er mich doch ansprechen, wie er wollte.

Ich nickte nur und er sah mich geduldig an und wartete, bis mir wieder einfiel, dass er mir eine weitere Frage gestellt hatte.

Wie es mir geht ...

Fast musste ich lachen über diese Frage. Wen interessierte die Antwort schon? Niemanden. Stets hatte man das Wort „Gut" abrufbereit, egal ob es so war oder nicht.

Die Menschen fragten aus Höflichkeit, nicht aus Interesse. Und so holte ich auch dieses Mal diese größte aller Lügen hervor. Dabei versuchte ich so gelassen wie möglich zu wirken.

››Gut!‹‹

Vielleicht komme ich so schneller raus hier? Und dann? Was wäre dann?

Es gab keinen Ort, wo ich hinwollte, nichts, was ich noch vorhatte.

Keine Träume, kein Ziel, keinen Sinn.

Skeptisch beobachtete er mich. Sekunden verstrichen wie kleine Ewigkeiten.

››Warum hast du das getan, Caitlin?‹‹

Er zeigte auf mein verbundenes, schmerzendes Handgelenk, das mich stets an mein Versagen erinnerte. Das konnte ich gut - versagen.

Warum?

Schon wieder so eine dumme Frage. Wenn ich die Antwort auf meine Fragen hätte, wäre es nicht so weit gekommen.

Ich spürte plötzlich etwas Nasses auf meinen Wangen. Unweigerlich sah ich nach oben, als würde es hier drin regnen, doch ich selbst benetzte meine Wangen mit den Tränen, die einfach so kamen. Ungeplant, ungewollt.

Noch immer sah er mich verständnisvoll an. Dieser Blick, als würde er verstehen, wie es mir ging. Was mit mir los war.

››Wann kann ich hier raus?‹‹

Ich erschrak über meine raue, traurige Stimme. Wie gerne würde ich fröhlich sein, alle Menschen zum Strahlen bringen.

››Das wird noch eine Weile dauern. Du hast versucht, dir das Leben zu nehmen. Wir möchten dir hier helfen. Es wird dir aber bald besser gehen.‹‹

Besser? Ich konnte mir nicht einmal vorstellen, dass ich überhaupt noch sein wollte.

››Sagst du mir, warum du das gemacht hast, Caitlin?‹‹

Ständig sagte er meinen Namen, bei jedem

Satz. Das war wohl so eine Psychologenstrategie, um das Vertrauen der Patienten zu gewinnen. Es sollte wohl beruhigend wirken.

Aber seine ehrliche und direkte Art gefällt mir dennoch.

Sein Lächeln blieb fortwährend. Eintrainiert für die Verrückten hier.

Und plötzlich schämte ich mich. Wie viele Menschen es schafften, glücklich zu sein, einfach leben. Und ich versagte, selbst bei dem Versuch, mein Leben zu beenden.

Ich wollte nicht darüber sprechen, nicht einmal darüber nachdenken.

Stur sah ich aus dem Fenster. Hinaus in die Freiheit, durch die Gitter hindurch.

››Möchtest du Besuch empfangen?‹‹

››Nein!‹‹

Das war zu laut.

››Nein.‹‹

Auf diese mitleidigen Blicke konnte ich

verzichten. Vor allem meine Mutter sollte nicht kommen, sie würde weinen, sich entschuldigen, alles an mir abladen.

Dazu fehlte mir die Kraft.

Meine Mutter hatte sich stets eine fröhliche Tochter gewünscht, jemanden, den man voller Stolz vorzeigen könnte.

Stattdessen bekam sie mich.

Es war zu schmerzhaft, um daran zu denken. Wortlos stand der Arzt auf, dessen Namen ich nicht einmal kannte und ging hinaus. Es machte mir nichts. Mir war nicht nach Reden, nach Scheinheiligkeit zumute.

Was sollte ich auch erzählen, nicht einmal ich selbst wusste, wie es mir ging.

Ich sah lieber den Vögeln auf dem Baum vor dem Fenster zu, sie beruhigten mich mit ihrem fröhlichen Gezwitscher. Sie flogen von Ast zu Ast. Einer davon, ein besonders schön gefiederter, sah mich sogar an. Ich wünschte mir, ich wäre so wie er. So frei und unabhängig. Und doch war er nicht alleine. Ständig waren andere Vögel in seiner Nähe, es schien, als würden sie sich unterhalten. Ich lauschte der Melodie, stellte mir vor, was sie sich erzählen würden.

Was Vögel wohl von uns Menschen halten?

Darüber nachzudenken erschöpfte mich mehr, als ich es je für möglich gehalten hatte.

Denken war schwer, fast lähmend, zäh wie Honig...

Als ich schon fast wieder eingeschlafen war, kam erneut eine Krankenschwester und wechselte die Verbände an meinen Händen. Sie blieb still, arbeitete schnell und achtsam und sah mir dabei nie direkt in die Augen. Ich konnte nicht auf meine Wunden sehen. So beobachtete ich sie. Es war wieder diese kleine, zierliche Krankenschwester. Ihre Gesichtszüge veränderten sich kaum. Solche Wunden hatte sie bestimmt schon öfters gesehen. Sie war weder erstaunt noch angeekelt. Danach reichte sie mir noch eine Tablette und ein Glas Wasser.

Ohne weiter darüber nachzudenken, schluckte ich sie hinunter, legte mich zurück auf mein Kissen und war auch schnell wieder eingeschlafen.

Tag 4

Ich war ständig müde. Ich schaffte es nicht länger als ein paar Stunden wach zu bleiben. Keine Spur mehr von der quälenden Schlaflosigkeit, die mich nachts verrückt werden ließ. Das musste wohl an den Medikamenten liegen, die sie mir ständig gaben. Als ich aufwachte, stand bereits das Frühstück am Bett. Ich beschloss etwas zu essen und merkte schnell, wie viel Hunger ich eigentlich hatte. Auch wenn es nach nichts schmeckte. Es war, als hätten sich meine Sinne taub gestellt.

Die Krankenschwester freute sich sichtlich über den leeren Teller und entfernte sogar die schrecklichen Lederriemen von meinen Händen, nachdem sie meine Wunden versorgt hat. Nach dem Essen durfte ich das erste Mal, seit ich hier war, duschen gehen. Ich war verschwitzt und meine Haare völlig wirr. Das eiskalte Wasser prasselte auf meine Haut. Für einen kurzen Moment fühlte ich mich frei, richtig aufgepusht. Ein wohliges Seufzen drang über meine Lippen. Ich wünschte, solche Moment würden ewig währen. Momente, in denen alles einfach war. Doch meine Gedanken wurden schnell wieder schwer und träge. Die Leichtigkeit verschwand so schnell, wie sie gekommen war. Die Traurigkeit in mir nahm wieder überhand.

››Caitlin!‹‹, rief jemand.

Hier hat man ja nie seine Ruhe.

››Sie haben gleich Ihre erste Sitzung bei Herrn Doktor Baskin. Soll ich sie begleiten, oder schaffen Sie das alleine?‹‹

Sie wartete nicht auf meine Antwort.

››Fünfte Tür rechts!‹‹, und schon war sie wieder weg.

Mit nassen Haaren und meinem grün-blauen Kuschelpyjama, der am Fußende meines Bettes lag, machte ich mich auf den Weg. Ich konnte mir vorstellen, dass meine Mutter ein paar Sachen vorbei gebracht hatte. Aber daran wollte ich im Moment nicht denken.

Ich ging langsam durch den langen, grellen Flur. An den Wänden hingen abstrakte Bilder, die einen wohl fröhlich stimmen sollten. Ein Bild stach mir besonders ins Auge. Ein schwarzer Rabe mit dichten Federn saß auf einem Ast und sah mich an. Ich konnte seine Kraft und Entschlossenheit spüren und obwohl es nur ein Bild war, beneidete ich diesen Vogel. Wie gerne wäre ich so wie er. Interessiert betrachtete ich jedes einzelne Gemälde und jedes davon hatte Wirkung auf mich.

Soll er doch warten, der werte Herr Doktor. Ich habe ohnehin nichts zu sagen.

Langsam öffnete ich die Tür, auf der „Dr. Baskin" stand und trat ein. Der feine Duft von Lavendel stieg mir in die Nase.

››Guten Tag!‹‹, sagte ich aus reiner Höflichkeit, denn wirklich gut war er natürlich nicht. Hier drin schon gar nicht. Und auch sonst nirgendwo.

Ich blickte mich um und staunte über die Größe dieses Büros mit den vielen wandhohen Regalen an den Wänden, gefüllt mit Büchern. Einige davon lagen aufgeschlagen auf dem kleinen Tisch neben der Couch, der wie ein Filmrequisit wirkte. Dr. Baskin begrüßte mich ebenfalls und stand von seinem übermächtigen, dunklen und überaus ordentlichen Schreibtisch auf.

Alles hier wirkte so luxuriös. Allein die faszinierenden Klecksbilder an der Wand mussten ein Vermögen gekostet haben. Scheinbar verdiente er sehr viel Geld.

Ich bin wohl nicht die einzige Verrückte, aber ob mich das beruhigen soll?

Ich setzte mich auf die Couch und legte meine Hände auf die Knie. Nervös wartete ich.

Auf irgendetwas. Mein ganzes Leben hatte ich damit verbracht zu warten. Die letzten 26 Jahre hoffte ich auf einen Sinn, auf etwas Glück.

In seinen Händen hielt Dr. Baskin Block und Stift.

Gespannt sah er mich an.

››Muss ich jetzt über meine Eltern reden? Das ist doch so üblich, oder?‹‹, scherzte ich.

Ich wollte damit meine Unsicherheit und Angst überspielen. Aber er lachte nicht.

››Wenn du das möchtest!‹‹

Ich verneinte, denn das wäre das Letzte, was ich wollte.

Alleine daran zu denken, ließ mich erzittern. Zu viel war geschehen. Viel zu viel.

››Worüber möchtest du dann sprechen?‹‹

››Über nichts! Ich will nur schlafen. Du hast mich doch herbestellt!‹‹

››Manchmal hilft es, wenn man darüber redet!‹‹

Ich lachte auf und verstummte sogleich wieder. Den Kopf gesenkt fummelte ich an meinem Oberteil herum.

››Bisher wurde alles nur noch schlimmer, wenn ich darüber gesprochen habe...‹‹

››Worüber?‹‹

Glaubt er tatsächlich, ich wäre so dumm darauf reinzufallen?

››Ich falle da nicht darauf rein. Bisher war schweigen immer das Beste. Das werde ich auch weiterhin beibehalten...‹‹

››Das Beste? Wirklich?‹‹

Dabei sah er auf mein verbundenes und schmerzhaft pochendes Handgelenk.

Für einen kurzen Augenblick war es still und ich glaubte beinahe meinen eigenen Herzschlag, außerhalb meines Körpers zu hören.

››Was hast du gefühlt, als du das Messer angesetzt hast?‹‹

Wow, ist der direkt!

Irgendetwas bewegte mich dazu, zu antworten.

››Genau das‹‹, sagte ich. ››Ich habe etwas gefühlt, wenn auch nur einen Schmerz, aber ich konnte etwas fühlen. Lange Zeit war da nur diese erdrückende Leere, diese Taubheit.‹‹

››Den Schmerz hast du gespürt, aber was genau hast du dabei gefühlt?‹‹

››Ist das nicht dasselbe?‹‹

››Nein, ist es nicht!‹‹

››Ich denke ungern über meine Gefühle nach...‹‹

››Versuch es. Bitte!‹‹

Ich überlegte eine Weile. Es fiel mir schwer, weiter in die Tiefe zu gehen.

››Angst und auch irgendwie Genugtuung. Ich hatte in diesem Moment mein Leben in der Hand. Nicht das Leben mich, wie es sonst ständig war.‹‹

Ich war selbst überrascht über meine Antwort. Doch genau so war es.

Dr. Baskin notierte sich etwas auf seinen Block.

Vermutlich „VERRÜCKT" in fetten Blockbuchstaben!

Er wirkte dabei aber äußerst souverän.

›› Was würde dir helfen?‹‹, sagte er schließlich.

›› Gute Frage. Ich weiß es nicht. Vielleicht etwas Freude und ein bisschen Glück.‹‹

›› Warum hast du keine Freude?‹‹

›› Wenn ich das wüsste…‹‹

Oder weiß ich es…?

Jetzt starrte Dr. Baskin aus dem Fenster. Von hier aus hatte man sogar noch einen besseren Ausblick als von meinem Zimmer. Eine Allee von Bäumen erstreckte sich über einen langen Weg. Es lud förmlich zum Spazieren oder Picknicken ein.

Das Bedürfnis nach Freiheit schrie aus all meinen Poren.

Dr. Baskin schien nachzudenken. Er drehte seinen Stift mit zwei Fingern ständig im Kreis herum.

›› Bis morgen überlegst du dir, was du brauchen würdest, damit es dir besser geht und was dieses Gefühl der Leere verschlimmert.‹‹

›› Was ich brauche? Wenn ich das wüsste, wäre

ich nicht hier, oder? Das sind nicht besonders intelligente Aufgaben, die hier gestellt werden!‹‹

››Ich nehme dir deine Trotzreaktion nicht übel, da ich weiß, dass du damit etwas kompensieren willst. Aber ich bitte dich, mit mir zusammenzuarbeiten. Das würde uns allen helfen! ‹‹

Ich hatte mich tatsächlich wie ein Kleinkind aufgeführt. Normalerweise würde ich mich für so ein Verhalten meinerseits schämen, doch an diesem Tag war es mir schlichtweg gleichgültig.

Als ich aus dem Büro ging, fühlte ich mich so erschöpft, als wäre ich Stunden hier gewesen.

Ein Blick auf die Uhr verriet mir, dass es gerade einmal fünfzehn Minuten waren.

Und was jetzt?

Verwirrt ging ich zu meinem Zimmer zurück.

Es war nur eine Frage, die ich bis zum nächsten Tag zu beantworten hatte, doch es schien wie ein unüberwindbarer Berg. Eine Aufgabe, die so übermächtig, fast unmöglich für mich war.

Ich redete mir ein, dass es mich nicht interessieren würde und dass ich ohnehin nicht mehr zu diesem Arzt ging.

Doch irgendetwas hatte er losgetreten. Eine Lawine aus Gefühlen und Erinnerungen bahnte sich ihren Weg nach oben. Alle Schutzmauern, die ich jahrelang errichtet hatte, drohten zu brechen. Solche Momente gab es hin und wieder. Manchmal waren es belanglose Worte, Reaktionen anderer Menschen oder nur ein Bild und alles drohte einzustürzen. Es fühlte sich beinahe so an, als würde ich selbst in Stücke zerfallen. Und manchmal wünschte ich mir sogar, es wäre so. Dabei bricht nur die Seele ein weiteres Mal. Die Wunden sind innerlich. Von außen nicht zu sehen. Man stirbt daran nicht, gleichgültig wie sehr es schmerzt.

Da hilft kein „darüber reden". Auch keine Therapie oder Medikamente. Da braucht man vermutlich einfach ein neues Leben.

Ein neues Ich.

Genau an diesen Punkt war ich scheinbar angekommen. Der Schmerz war zu groß, die Seele zerstört. Das musste ein Ende haben.

Müde ließ ich mich auf mein Bett nieder. Mit dem Blick in Richtung Fenster wickelte ich mich erschöpft in die Decke ein. Meine Augen waren müde. Ich war müde.

Und doch war mein Kopf in heller Aufregung. Die Gedanken spielten Karussell.

Ich wusste nicht, wie andere Menschen es schafften, ihr Leben zu meistern. Tagtäglich aufzustehen, zu kämpfen und weiterzuleben.

Wäre alles anders, wenn meine Vergangenheit anders verlaufen wäre?

Könnte ich glücklich sein?

Oder ist es mir vorbestimmt ein trostloses Leben voll Verzweiflung und Trauer zu führen und mein Schicksal ist nur der Grund, den ich dafür nennen darf ...

Es gibt Momente im Leben, da steht man vor einem Wendepunkt und man muss sich entscheiden, ob man kämpfen will oder aufgeben muss. Ich hatte mich dazu entschieden aufzugeben...

Tag 5

Ich lag die halbe Nacht wach und überlegte angestrengt, was mich glücklicher machen würde, was der Sinn des Lebens sei und was ich überhaupt vom Leben wollte.

Nachdem ich wie gerädert aufgewacht war, ging ich kalt duschen und fühlte mich sogleich etwas besser. Irgendwie lebendiger. Zumindest ein bisschen. Mein Frühstück aß ich, ohne es richtig zu schmecken. Gleichgültigkeit.

In wenigen Minuten sollte ich wieder zu Dr. Baskin. Nervosität ließ meinen Magen rebellieren. Ich hatte keine Ahnung, was ich sagen sollte. Eigentlich hatte ich auch absolut keine Lust, mit ihm darüber zu sprechen. Wozu denn auch? Was sollte es bringen?

Seufzend putzte ich mir die Zähne und zog mich um. Alles war so anstrengend und nervenaufreibend. Und irgendwie völlig sinnlos...

Vor seinem Büro stand eine ältere Frau. Sie summte zufrieden vor sich hin. Erst war ich genervt, weil sie meinen Weg versperrte, doch dann lächelte sie mich an und ihr Lachen durchströmte meinen Körper.

››Guten Morgen Liebes!‹‹

Sie erinnerte mich stark an eine liebevolle Oma. Zumindest stellte ich mir eine Großmutter so vor. Meine war schon längst verstorben.

››Guten Morgen.‹‹

››Ein guter Tag um sich helfen zu lassen!‹‹

Gibt es denn auch schlechte Tage dafür?

Ich konnte mit ihrem Satz nicht besonders viel anfangen. Er machte mich nachdenklich und auch irgendwie traurig. Ich wusste selbst nicht warum...

Sie strich mir noch liebevoll über den Arm und machte mir den Weg frei, damit ich eintreten konnte.

››Guten Tag!‹‹

››Guten Tag!‹‹

Wieder nahm ich auf der Couch Platz und legte meine Hände auf die Knie. Ich war unruhig, dabei fühlte ich mich wie vor einem Test.

Was will er bloß von mir hören?

››Hast du gut geschlafen?‹‹

››Nicht besonders. Ich habe die halbe Nacht mit Grübeln verbracht. Und erst heute Morgen erkannte ich etwas, das mir guttut.‹‹

››Und das wäre?‹‹

Er lächelte, als hätte ich die richtige Antwort gegeben.

››Duschen, vor allem kalt duschen. Und Vögel.‹‹

››Das sind ja gleich zwei Dinge. Möchtest du mir sagen, warum genau?‹‹

››Das kalte Duschen wirkt irgendwie befreiend. Ich spüre mich. Und die Vögel sind für mich ein Symbol der Freiheit. Ich sehe ihnen gerne zu!‹‹

Ich stockte. Schon wieder hatte ich einfach geantwortet. Dabei hatte ich mir doch vorgenommen, mich mehr zurückzuhalten.

Nichts von mir preiszugeben.

Irgendetwas hatte er an sich, das mich dazu bewegte ehrlich und offen zu antworten.

›› Das ist ein guter Anfang, Caitlin!‹‹

Ich erwischte mich dabei, wie ich etwas stolz auf mich war.

Aber warum bloß?

›› Warum duschst du kalt?‹‹

Nervös kaute ich auf meinen Fingernägeln herum.

›› Eine alte Angewohnheit!‹‹, log ich, doch ich war sicher, er merkte, dass mehr dahinter steckte.

Er ließ sich nichts anmerken und bohrte auch nicht weiter nach.

›› Und die Vögel? Hast du selbst welche zu Hause?‹‹

›› Nein, dann wären sie doch nicht mehr frei. Ich sehe ihnen viel lieber in der Natur zu, wie sie fliegen, ihre Nester bauen, frei sind. Und auf den Bäumen sitzen, die so viel Kraft ausstrahlen. Ja, Bäume liebe ich auch!‹‹

››Wenn du davon erzählst, strahlen deine Augen! Es weckt Lebensgeister in dir! Damit können wir arbeiten!‹‹

Lebensgeister?

Dr. Baskin notierte sich einiges auf seinem Block. Seine Hand schwang über die Seiten, dabei runzelte er hin und wieder seine Stirn. Wenn er angestrengt nachdachte, sah er gleich fünf Jahre älter aus.

Sehnsüchtig sah ich aus dem Fenster zur Allee. Bäume und Vögel liebte ich wirklich, aber wie sollte mir das helfen?

››Fällt dir etwas ein, das du mit Bäumen oder Vögel machen könntest? Etwas, was dir Freude bereiten würde?‹‹

Ich schüttelte den Kopf. Meine Gedanken waren schwer geworden. Die einfachsten Fragen schienen mich zu überfordern.

››Ich denke, dass wir für heute genug geschafft haben. Denke bitte darüber nach. Vielleicht fällt dir bis morgen etwas ein!‹‹

Ratlos verließ ich den Raum. Ich fühlte mich überrumpelt.

Ein Gefühl der Ohnmacht überkam mich. Ich wollte nicht schon wieder nachdenken, nicht über mein Leben, nicht über mich.

Ich hielt mich an der Wand fest, um nicht abzurutschen, in den Abgrund, der vor mir lag. Er war nicht wirklich vorhanden und doch hatte ich das Gefühl, als würde ich fallen. Plötzlich spürte ich hinter mir eine warme Hand. Ich genoss diese Berührung, war sie doch das Einzige, das ich fühlen konnte. Innerlich war ich wie leer, taub.

››Geht es dir nicht gut?‹‹

Jemand sah mich besorgt an.

Ich kannte ihn nicht und es war mir auch egal, wer er war. So wie mir alles egal war.

Belanglos erschien mir die Welt.

Unsinnig mein Leben.

Ich konnte kein Wort sagen, war nicht im

Stande zu denken, geschweige denn zu sprechen. Plötzlich spürte ich noch eine andere Hand. Eine kalte, kräftige. Ich blickte in das Gesicht von Herrn Dr. Baskin.

››Caitlin? Wir bringen dich auf dein Zimmer!‹‹

Ich wollte mich wehren. Wollte nur hier an der Wand stehen. Mit dem Gesicht am rauen Putz.

››Ich will nicht nachdenken!‹‹, flüsterte ich schließlich, als sie mich in mein Zimmer führten.

Ich will nicht, ich kann nicht. Meine negativen Gedanken schwirrten in meinem Kopf herum.

››10mg Diazepam intravenös!‹‹, hörte ich ihn flüstern.

Schnell eilte eine Schwester herbei und half mir ins Bett. Ich drehte mich auf meine Lieblingsseite, nach links, Richtung Fenster und spürte die Nadel, wie sie sich in meinen Oberarm bohrte. Welch ein schöner Schmerz, wenn auch vergänglich...

Tag 6

Ich weiß nicht, ob ich vorher aufgewacht war oder vorher angefangen hatte zu weinen, aber als ich so richtig zu mir kam, war mein Kopfkissen tränenbedeckt und ich schluchzte.

Mit leerem Blick sah ich dem schwarzen Vogel zu, der mich auf wundersame Weise beruhigte und versuchte zwanghaft, an nichts zu denken. Ein beklemmendes Gefühl von Scham machte sich in mir breit. Der Druck auf meiner Brust ließ mich kaum atmen. Ich war so schrecklich müde, hatte keine Ahnung, wie spät es war, aber es war mir auch egal.

››Caitlin?‹‹

Hinter mir rührte sich jemand. Dr. Baskin kam auf meine Seite und lächelte mich freundlich an.

››Wie geht es dir?‹‹

››Ich bin müde, schrecklich müde!‹‹

››Das kommt von den Medikamenten.‹‹

»Was ist nur los mit mir?«

»Du hast eine bipolare Störung. Eine schwere Depression, die wir hier behandeln möchten. Aber du musst uns dabei etwas helfen. Es wird dir irgendwann besser gehen, Caitlin.«

Ich musste lachen. Es war ein skeptisches Lachen.

»Wann?«

»Bald!«

»Das kann ich mir kaum vorstellen!«

Lange war es still. Dr. Baskin betrachtete das einzige Bild an der Wand und ich den Vogel vor dem Fenster.

»Beruhigt dich der Vogel?«

»Ja sehr! Ich wäre gerne wie er!«

»Warum?«

Warum? Muss hier immer alles einen Grund haben?

»Ich weiß nicht, er ist frei und unabhängig!«

»Und du? Fühlst du dich nicht frei? Du kannst doch frei entscheiden über dein Leben!«

Ich atmete tief ein und wieder aus. So hatte ich das noch nie betrachtet. Aber es wäre zu einfach.

›› Was hält dich fest? Was macht dich so abhängig, so unglücklich?‹‹

›› Haben Sie nicht auch noch andere Patienten?‹‹, erwiderte ich schroff, zu schroff.

Erstaunt weiteten sich seine Augen, für einen kurzen Moment war er sprachlos, doch schnell hatte er sich wieder im Griff.

›› Du musst daran arbeiten, Caitlin!‹‹

Ich seufzte tief und dachte nach. Das erste, das mir einfiel, war mein Vater.

Meine zerbrochene Familie, meine schreckliche Vergangenheit, mein schrecklichstes Erlebnis. Und wieder weinte ich, ohne es zu wollen. Sollte ich es wagen und den Damm brechen? Viel schlimmer konnte es kaum noch werden. Ich war am Ende meiner Kräfte. Ich war bereit, alles aufzugeben. Was hatte ich noch zu verlieren?

Ich hatte keine Familie mehr. Keine Freunde und keine Hobbys. Keine Gefühle. Kein Leben.

Ohne auf meine innere Stimme zu hören, die mich so bitterlich warnte, öffnete ich eine kleine Tür in das Dunkle meiner Seele.

››Ich war gerade 14 geworden, da, da...‹‹

Ohne es zu wollen, erschienen Bilder vor meinem geistigen Auge. Ich versuchte sie zu verdrängen. Doch die Erinnerungen waren stärker. Wie immer...

Es wollte mir nicht über meine Lippen kommen. Als würde mich jemand aufhalten. Ich blieb stumm und doch schrie ich innerlich. Ich saß ruhig da und doch tobte ein Sturm in mir.

Dr. Baskin sah mich geduldig an und wartete.

››Ich kann nicht...‹‹

Die Tränen liefen über meine Wangen und benetzten mein dunkles Shirt. Er reichte mir ein Taschentuch und lächelte sanft.

››Das musst du nicht. Irgendwann wirst du so

weit sein.‹‹

Erleichtert sah ich zu ihm auf und doch war ich enttäuscht, dass er so schnell aufgab.

››Du glaubst jetzt, du bist ganz allein mit deinem Schmerz und niemand könnte dich verstehen. Aber glaube mir. Genauso denkt jeder meiner Patienten!‹‹

Er stand auf und sah mich nachdenklich an.

››Morgen werden wir weiter sprechen, Caitlin.‹‹

››Worüber?‹‹

Diese Vorstellung ängstigte mich.

››Worüber du willst!‹‹

Mit diesen Worten verließ er mein Zimmer.

Keine neue Frage. Keine Aufgabe, die ich zu lösen hatte. Ich war erleichtert.

Mit dem Blick auf den schwarzen Vogel vor meinem Fenster schlief ich erschöpft ein.

Tag 7:

Der Vogel war weg.
Dieser Umstand machte mich so traurig, dass ich erneut zu weinen begann. Ich war bereits den siebten Tag hier in dieser Klinik und die meiste Zeit davon hatte ich geschlafen. Wie konnte man nur so schrecklich müde sein? Müde vom Nichtstun. Vom Reden und Nachdenken. Vom Weinen. Um mich etwas abzulenken, zog ich mein Handy aus der Tasche, von der ich immer noch nicht wusste, wer sie für mich gepackt oder hergebracht hatte. Als ich es einschaltete, begann es zu piepsen. Eine Nachricht meiner Mutter:

„Liebes, bitte melde dich!
Ich mache mir Sorgen.
Küsschen deine Mama´"

Natürlich. Typisch Mama, immer musste es um sie gehen.

Und wie es mir geht, interessiert keinen?

Sieben Anrufe in Abwesenheit, vier davon von ihr. Zwei von meiner Tante Mary, meiner Lieblingstante mütterlicherseits, die leider in Miami wohnt. Unerreichbar für mich. Wie gern hätte ich sie hier. Sie war die Einzige, die stets zu mir gehalten hatte. Und ein verpasster Anruf von ...

Von William?

Unweigerlich musste ich an den schrecklichsten Moment meines Lebens denken. Zu nahe, zu real sind die Erinnerungen an diese Zeit. Als ich so alleine war, mir niemand half oder auch nur geglaubt hatte. Als ich schrie. Um Hilfe schrie.

Plötzlich rannte eine Schwester ins Zimmer. Erst jetzt merkte ich, dass ich wirklich geschrien hatte. Die Erinnerung war noch zu real.

››Was ist passiert?‹‹

Ich hechelte um Luft und zitterte am ganzen Körper. Es war wie ein Albtraum und doch war es real. Eine reale schreckliche Erinnerung.

››Möchtest du etwas zur Beruhigung?‹‹

››Nein‹‹, stöhnte ich. ››Nein, ich will jetzt auf keinen Fall schlafen.‹‹

Am liebsten hätte ich meine Augen nie wieder zu gemacht. Wie konnte ich nur so dumm sein und diese Erinnerungen zulassen? Wie konnte ich es nur zulassen? Wie konnte ich nur?

Die Krankenschwester, die mir noch gänzlich unbekannt war, setzte sich auf mein Bett und legte mir eine Hand auf die Schulter. Ich zuckte zurück.

››Ruhig atmen, ganz ruhig. Ein und aus. Ein und aus.‹‹

Langsam versuchte ich, im Rhythmus zu atmen, ihrer Stimme zu folgen und mich zu beruhigen. Nach etlichen Minuten gelang es mir auch.

Ich betrachtete zitternd diese junge Frau, die

kaum älter war als ich. Ihre kurzen blonden Haare ließen sie etwas frech wirken und ihre schlanke Figur war fast kindlich. Um mich etwas abzulenken, fragte ich schließlich, wie sie heiße.

››Elisabeth.‹‹

››Danke, Elisabeth!‹‹

Sie lächelte sanft.

Diesen Gesichtsausdruck hat hier wohl jeder drauf. Gibt es dafür Seminare? Dann melde ich mich auch gleich an. Vielleicht lassen sie mich dann in Ruhe ...

››Hast du schlecht geträumt?‹‹

››So ähnlich!‹‹

Endlich hatte ich mich wieder beruhigt. Ich sank zurück auf mein Kissen und schloss kurz die Augen. Kein William, nur das Gezwitscher des Vogels.

Als ich sie wieder öffnete, saß sie noch immer da.

››Kann ich dir etwas Gutes tun?‹‹

Plötzlich wollte ich raus. Raus aus diesem Zimmer. Egal wohin, nur raus hier.

Alles wirkte so beengend, so klein. Ich brauchte frische Luft.

››Darf ich hinaus?‹‹

››Wir haben einen Balkon, gleich am Ende des Flurs.‹‹

››Danke!‹‹

Meine Antwort war nur ein Flüstern, doch sie hatte es scheinbar gehört, nickte verständnisvoll und stand auf. Langsam erhob ich mich vom Bett und ging mit ihr hinaus. Sie zeigte mir die Richtung und sah mir noch nach. Ich spürte ihren Blick in meinem Nacken, doch es war nicht unangenehm, es gab mir ein Gefühl der Sicherheit. Am Ende des Flurs, gleich neben der Balkontür, war eine Treppe, die mit einer gläsernen Tür samt Sicherheitsschloss verriegelt war. *Die gehen hier wohl auf Nummer sicher. Verständlich.*

Plötzlich kam die ältere Frau wieder um die

Ecke. Sie strahlte so eine Gelassenheit aus, dass ich mich fragte, warum sie wohl hier sei.

››Guten Tag!‹‹, grüßte sie mich fröhlich.

››Guten Tag!‹‹

Ich lächelte zurück. Mir wurde gleich ein bisschen wärmer ums Herz. Es war, als würde sie mir ein Stück ihrer Fröhlichkeit abgeben.

››Ein guter Tag um sich helfen zu lassen!‹‹

Ich musste lachen. Den gleichen Satz hatte sie erst letztens auch gesagt.

Als sie weiter gehen wollte, hielt ich sie auf.

››Wie heißt du denn?‹‹

Sie lächelte besonnen und strich mir sanft den Arm entlang.

››Ich bin Silvia Tailer und du mein Kind?‹‹

››Caitlin! ‹‹

››Ein schöner Name für ein besonderes Mädchen. Ich wünsche dir noch einen guten Tag!‹‹

Nachdenklich sah ich ihr nach, bis ich mich daran erinnerte, warum ich eigentlich hier war.

Ich öffnete die schwere Tür zum Balkon hinaus und atmete die frische Luft tief ein.

Tagelang war ich nur in meinem Zimmer gewesen und hatte ganz vergessen, wie angenehm die herbstlichen Sonnenstrahlen auf der Haut waren. Der ganze Balkon war gesichert. Die Stühle und Tische waren am Boden befestigt und ein Gitter ragte vom Balkonrand hinauf bis zur Decke. Und doch gab es hier Sonne und frische Luft. Genau das, was ich jetzt brauchte.

Der Balkon bot viel Platz, er war bestimmt fünfzehn Quadratmeter groß und rechteckig. Die kleinen runden Tische waren weiß, genau wie die Stühle. Auf einem der Plätze saß ein junger Mann, Anfang dreißig, im Bademantel. Irgendwie kam er mir bekannt vor. Der Geruch von Zigarettenrauch stieg mir in die Nase. Unweigerlich verspürte ich den Drang nach einer Zigarette, obwohl ich das Rauchen schon vor Jahren aufgegeben hatte. Er sah mich mit seinen großen blauen Augen an, die furchtbar müde aussahen. Sein Gesichtsausdruck war gelangweilt.

››Ich kenn dich doch!‹‹

Seine Stimme war tief, aber leise.

››Bist du nicht die, die am Flur zusammengebrochen ist, wobei das hier eigentlich nicht so selten vorkommt.‹‹

Ich nickte beschämt.

Er versuchte witzig zu sein. Ein leichtes Lächeln formte seine schmalen Lippen. Ich starrte auf seine Zigarette, die plötzlich so eine starke Anziehungskraft auf mich hatte.

››Möchtest du eine?‹‹

Als könnte er Gedanken lesen. Ich setzte mich auf den Plastikstuhl neben ihn und bedankte mich, während ich eine aus der roten Schachtel nahm. Das Klicken des Feuerzeugs verursachte schon entspannte Erinnerungen an gemütliche Abende mit Freunden aus der Jugendzeit. Damals hatte ich noch welche, aber in letzter

Zeit waren auch die letzten Freunde verschwunden. Sie konnten mein Verhalten nicht verstehen. Kein Einziger. Ich zog an der Zigarette. Der Rauch brannte in meinem Hals und doch erfüllte er mich mit Ruhe. Die nächsten Züge waren schon besser und ich lockerte meine angespannte Haltung.

››Wie heißt du?‹‹

Ich erschrak. So vertieft war ich in dieser entspannten Ruhephase ohne zwanghaften Gedanken, dass ich ganz vergaß, wo ich war. Für einen kurzen Moment war alles vergessen. Dieser Mann, dessen Namen ich gar nicht kannte, zerstörte diesen schönen Moment. Irgendwie hasste ich ihn dafür, obwohl er nur freundlich sein wollte und schließlich hatte ich ihm diese kleine Pause überhaupt zu verdanken.

››Caitlin.‹‹

Seine Augen leuchteten kurz auf, dann senkte er seinen Kopf.

››Wie meine kleine Schwester.‹‹

Seine Stimme war kaum hörbar.

In dieser Haltung wirkte er so ärmlich und verlassen, dass er mir schon leidtat.

››Was ist mit deiner Schwester?‹‹

››Sie ist tot. TOT.‹‹

Seine Stimme war nun laut, sein Ausdruck hart. Ich hatte wohl einen wunden Punkt getroffen. Ohne ein weiteres Wort stand er auf und ging.

Lange starrte ich den Stuhl an, auf dem er eben noch saß und fragte mich, warum er wohl hier war. Ein Blick auf die Uhr ließ mich wissen, dass es schon fast elf Uhr war. Zeit für das Gespräch mit Dr. Baskin. Heute Morgen überreichte mir eine Schwester einen Plan. Es war ein Wochenplan. Täglich um elf Uhr war meine Sitzung bei Dr. Baskin. Mittwochs und freitags waren Gruppentherapien, die ich laut dem Doktor unbedingt besuchen sollte. Wenn es zur Heilung half, warum nicht. Aber meine Hoffnung war gering.

Ich machte mich auf den Weg und traf auf eine Frau, die summend ein Bild an der Wand betrachtete. Sie schien selbstzufrieden, fast ausgelassen. Doch der Schein trügt, wie so oft. Sie sang vom Tod.

Ein paar Minuten später saß ich nervös im Therapiezimmer. Dr. Baskin sah mich freundlich an und wartete. Er war sehr geduldig und hoffte auf eine Antwort. Aber es gab sie nicht, die richtige Antwort auf seine Frage, was mich so unglücklich und abhängig machte, was mich so in Panik versetzte. Gäbe es sie, dann wüsste ich es. Es gab Momente in meinem Leben, die bestimmt zu meiner jetzigen Situation ihren Teil beigetragen hatten, aber nichts davon war der Grund für meinen Zustand. Wie oft hatte ich nächtelang wach gelegen und nach der Lösung gesucht, nach einem Knopf, dem einen kleinen Punkt, der gedrückt werden musste und man fühlte sich gut, glücklich, vollkommen. Wie sich das wohl anfühlte? Glücklich zu sein.

Mit sich im Reinen zu sein und das Leben leicht nehmen können.

››Ich weiß es nicht‹‹, wiederholte ich mich.

Doch wieder war er nicht zufrieden mit meiner Antwort, genauso wenig wie ich.

Was erhofft er sich hiermit eigentlich?

Glaubt er tatsächlich, dass es irgendwann Klick macht und ich hätte die Lösung? Dass ich aufstehe und sage „Hey danke, jetzt ist alles anders, ich bin geheilt!"?

››Ich wusste gar nicht, dass du rauchst!‹‹

Er riss mich aus meinen Gedanken.

Wird man hier beobachtet? Gibt es Kameras am Balkon?

Die Vorstellung ständig unter Beobachtung zu stehen, bereitete mir Unbehagen.

››Ich war Raucher, aber das ist viele Jahre her. Heute hatte ich plötzlich das starke Bedürfnis danach. Ich weiß auch nicht warum‹‹

››Es beruhigt dich, oder?‹‹

››Es erinnert mich an schöne Tage…‹‹

››Was waren das für Tage? Erzählst du mir davon?‹‹

Ich musste schmunzeln, wenn ich daran dachte. Gerne erinnerte ich mich daran zurück.

››Meine erste große Liebe. Tom. Er hatte eine große Clique, die mich sofort aufnahm. Wir fuhren oft auf diverse Festivals. Wir grillten, campten, machten Ausflüge. Ich war niemals allein. Es war so eine aufregende und schöne Zeit…‹‹

››Gibt es diese Freunde noch?‹‹

››Nein. Ich bin aber selber schuld. Durch mein Verhalten habe ich alle nach und nach verstoßen. Mit ihnen war immer etwas los. Immer lachen zu müssen, kann irgendwann anstrengend sein. Meine Vergangenheit hing zu sehr an mir. Ich konnte nicht mehr mithalten…‹‹

››Was genau an deiner Vergangenheit hat dich denn eingeholt? Gibt es etwas, das dir dazu einfällt?‹‹

Mein Atem wurde schneller. Stoßweise hechelte ich die Luft und auch jeden Gedanken daran aus mir heraus.

Nicht daran denken. Nicht daran denken!

Sofort wusste ich, worauf er hinaus wollte.

Sollte ich es sagen?

Es hervorholen aus der tiefsten Schlucht meiner innersten Seele? Es hervorgraben und befürchten, dass es mich wieder einholte, mich verfolgte bis in meine Träume?

Es war nicht lange her, dass ich es geschafft hatte, es dorthin zu bringen, wo es jetzt war. Am tiefsten Punkt meiner Seele. Vergraben, doch nicht vergessen.

Hinter all meiner Verzweiflung und meinem Kummer.

››Ja, da gibt es etwas!‹‹

Mehr konnte ich nicht sagen. Allein der Gedanke daran ließ mich weinen. Die Tränen flossen wie Sturzbäche, ich hatte sie nicht unter

Kontrolle.

››Willst du diesen Moment mit mir teilen? Mir etwas abgeben von deiner Verzweiflung?‹‹

Ich nickte und verwarf mein Schutzschild, meine Warnsignale, die in meinem Kopf dröhnten. Ich wollte es, es sollte so sein. Ich war bereit, es jemandem zu erzählen. Mir helfen zu lassen. Doch plötzlich klopfte es an der Tür.

››Dr. Baskin. Entschuldigen Sie bitte die Störung. Aber Frau Tailer...‹‹

Ihrem Blick nach zu urteilen, verhieß diese Nachricht nichts Gutes.

››Es tut mir sehr leid, Caitlin. Wir müssen die Sitzung für heute leider beenden.‹‹

Ich atmete tief durch. Endlich hätte ich jemanden teilhaben lassen können, doch vielleicht war es auch besser so. Was, wenn er mir auch keinen Glauben geschenkt hätte?

Es war wohl ein Zeichen. Ich sollte es für mich behalten.

Mit gemischten Gefühlen ging ich mit Dr. Baskin zur Tür hinaus. Und da sah ich sie. Nur ganz kurz, doch es genügte, um mich in einen Schockzustand zu versetzen. Nur wenige Sekunden waren es, in denen die Tür offen war, während Dr. Baskin in Frau Tailers Zimmer schritt und doch konnte ich sie sehen. Es war, als brannten sich diese wenigen Sekunden, dieses kurze grausame Bild in mein Gehirn. Silvia Tailer, die ältere Frau, die mich stets so freundlich und offenherzig begrüßte, wenn sie mich am Flur sah. Die Frau, die immer gesummt hatte, die mir so viel Wärme geschenkt hat. Gerade ihr hatte ich zugetraut, es zu schaffen, zumindest dachte ich, sie wäre auf einem sehr guten Weg. Wenn für sie keine Hoffnung bestand, wie sollte ich dann jemals glücklich enden? Ihr Körper war so leblos, das liebreizende Lächeln verschwunden. Ihre Falten bedeckten beinahe ihren Mund. Ihr Kopf war gesenkt. So hing sie vom obersten Balken ihres kleinen Zimmers.

Ich konnte nicht erkennen, womit sie sich erhängt hatte. Es war bestimmt nicht leicht gewesen, hier etwas aufzutreiben. Gürtel, Schnüre, Schuhbänder, alles wurde einem hier abgenommen. Ich stand immer noch wie angewurzelt vor dieser Tür, als mich eine Schwester am Arm nahm und mich in mein Zimmer brachte. Den Rest des Tages verbrachte ich entweder weinend oder grübelnd. Wobei ich nirgends Ruhe fand, weder in der Dusche noch am Fenstersims oder am kühlen Boden. Überall hatte ich das Gefühl von ihr verfolgt zu werden. In meinen Gedanken war sie ständig anwesend. Irgendwann gegen Abend, nachdem ich mein Abendessen stehen gelassen hatte, in dem ich eine ganze Weile herumgestochert hatte, schlief ich unruhig ein und träumte von hängenden Menschen, die mich um Hilfe riefen.

Tag 8

Total zerstreut wachte ich aus meinen wirren Träumen auf. Trotz des langen Schlafens fühlte ich mich müde und zerschlagen. Frau Tailer wollte mir nicht mehr aus dem Kopf gehen. Langsam kroch ich aus meinem Bett und zwang mich unter die Dusche. Das eiskalte Wasser prasselte auf meine nackte Haut und ich begann zu zittern. Mein Verstand wurde allmählich schärfer und mein Kreislauf stabilisierte sich zunehmend. Nach meiner gestrigen Verweigerung beim Abendessen war ich froh, dass es endlich Frühstück gab und ich verschlang es mit großem Appetit.

Unruhig wanderte ich danach im Zimmer auf und ab und wartete darauf, dass die Zeit verging. Eine gefühlte Ewigkeit sah ich dabei nur aus dem Fenster. Endlich war es elf Uhr. Ich hatte das große Bedürfnis zu reden, etwas zu erzählen.

Das war neu. Ich ging den Flur entlang zur Tür von Dr. Baskin, doch vor Frau Tailers Tür blieb ich erneut stehen. Sie war verschlossen, die Leiche bestimmt schon weg.

Wo sie wohl hingebracht wurde? Ob es Menschen gibt, die um sie trauern?

Es wirkte beinahe so, als käme sie, jeden Moment aus der Tür um mich anzulächeln. Sie hatte mir so viel damit gegeben, ohne dass sie es wusste oder ich es bisher bemerkt hatte.

››Guten Tag.‹‹

Ich schloss die Tür hinter mir.

››Guten Tag.‹‹

Er lächelte wie immer. Als sei nichts geschehen.

››Wie geht es dir heute?‹‹

››Es ist okay. Na ja, eigentlich geht mir das mit Frau Tailer nicht mehr aus dem Kopf.‹‹

››Das ist verständlich. Möchtest du darüber reden?‹‹

Ich nickte und blieb doch stumm. Was gab es groß darüber zu reden. Es war ihr Leben, ihre

Entscheidung. Ich kannte sie nicht einmal und doch fühlte ich mich irgendwie betroffen.

››Es macht mir Angst. Sie schien so fröhlich.‹‹

››Der Tod macht uns allen Angst. Manchmal rüttelt er uns auch wach!‹‹

››Ich möchte nicht so enden!‹‹

Diese Worte kamen so plötzlich, dass sie unüberlegt waren. Doch ich merkte schnell, dass sie der Wahrheit entsprachen.

››Ich will leben!‹‹

››Das ist gut! Das ist sehr gut!‹‹

Einige Minuten lang blieb es ruhig. Ich hatte das Gefühl, als würde er gerne ein neues Thema anschneiden, darüber nachdenken, wie ich wohl reagieren würde.

››Möchtest du Besuch empfangen? Deine Mutter ruft täglich an!‹‹

Ich seufzte und ein schlechtes Gewissen überkam mich.

Fast hätte ich sie hier drin vergessen, meine Familie. Nicht das, was sie mir angetan hatten, aber dass sie mich vielleicht sehen wollten, dass sie auch Bedürfnisse hatten.

››Meine Mutter. Sonst niemand!‹‹

››Und dein Vater?‹‹

››Nein! Den schon gar nicht!‹‹

Ich kam mir vor wie ein trotziges Kind.

Er notierte sich etwas auf seinem Block. Vermutlich meine Reaktion auf meinen Vater. Irgendwann würde er es verstehen, mein Verhalten.

››Gehst du heute zur Gruppentherapie mit Frau Dr. Baskin?‹‹

Er hat eine Frau?

Daran hatte ich noch gar nicht gedacht. Natürlich war er auch nur ein Mensch, obwohl mich diese Erkenntnis fast ein wenig enttäuschte. Wie sehr hatte ich mir einen perfekten Psychiater gewünscht, der nur für seine Patienten lebte. Ich nickte bestimmt.

Ehe ich mich versah, war die Stunde um und ich hatte es geschafft, nicht über meinen Vater oder mein Geheimnis zu reden. Ich konnte nicht. Wollte nicht. Nachdenklich schlenderte ich in Richtung Zimmer.

Ich sollte soziale Kontakte pflegen, hatte er gemeint, deshalb musste ich ab morgen im Speisesaal essen. Ich wusste nicht, was ich davon halten sollte und genoss mein letztes Mittagessen in Privatsphäre.

Außerdem sollte meine Mutter morgen kommen. Irgendwie verursachte der Gedanke daran Bauchschmerzen. Schnell dachte ich an etwas anderes, doch es gelang mir nicht, mich abzulenken. Da verspürte ich eine ungeheure Lust auf eine Zigarette. Ich hoffte auf diesen Mann, der mir schon letztes Mal eine gegeben hatte. Irgendwie würde ich gerne mehr über ihn erfahren. Über ihn und seine Schwester.

Schnell huschte ich aus meinem Zimmer. Ich hatte dabei ein komisch gutes Gefühl, es war ein kleines bisschen wie Hoffnung. Ich hatte einen Plan. Auch wenn es nur der zur

Beschaffung einer Zigarette war, aber es war ein Plan, den ich vielleicht durchziehen konnte. Etwas, das ich schaffen konnte. Etwas zu Ende bringen. Etwas durchziehen. Es hörte sich lächerlich an, aber dieser kleine Akt der menschlichen Nähe, der Versuch, meinen kleinen Plan zu verfolgen, ließ mich ein bisschen aufleben.

Doch schnell brach alles wieder zusammen, das kleine leichte Gefühl in mir, als ich sah, dass der Balkon leer war. Ich sackte auf den weißen Stuhl neben der Balkontür. Obwohl es nur um eine Zigarette ging, fühlte ich mich, als hätte ich schon wieder versagt, als bräche alles über mir zusammen. Ich schlug die Hände zitternd vor mein Gesicht und seufzte tief. Plötzlich ging die Tür auf und da stand er.

Die Mittagssonne ließ ihn aufleuchten, er sah aus wie ein Engel. Ein gefallener Engel. In einer langen Jeans und einem Poloshirt grinste er frech und begrüßte mich mit einem coolen

„Hallo".

Es war, als wäre er dieses Mal jemand anderes. Jemand Fröhliches, jemand, der nicht hierher gehörte. Erstaunt über sein Verhalten brachte ich nur ein knappes „Hi" über die Lippen, dann tat ich so, als wäre ich beschäftigt, als würde ich konzentriert nachdenken. Nach etlichen Minuten der Stille hörte ich das Klacken des Feuerzeuges und drehte mich unbewusst zu ihm um. Genau deshalb war ich ja da.

››Dürfte ich auch eine haben?‹‹

Meine Stimme klang schüchtern, fast ängstlich. Wortlos hielt er mir seine Zigaretten hin und ich nahm mir dankend eine davon.

„Klack" das Geräusch beruhigte mich, es war der Anfang einer entspannten Pause, in der alles um mich herum für kurze Zeit vergessen war. Die Zigarette war beinahe nur noch ein Stummel, als ich mich endlich traute, ihn nach seinem Namen zu fragen.

››Ryan. Ich heiße Ryan!‹‹

Ich nickte zustimmend und sah nervös auf das beschützende und doch auch beengende Gitter vor uns.

››Gehst du heute zur Gruppentherapie?‹‹

Seine Frage überraschte mich.

››Ja. Du auch?‹‹

››Ich bin nicht sicher, ob ich jedem meine Gefühle so offenbaren möchte...‹‹

››Ich denke nicht, dass dort jeder sein tiefstes Geheimnis preisgibt.‹‹

››Hmm.‹‹

Er biss nervös auf seiner Lippe herum. Irgendwie hoffte ich, dass er hingehen würde. Es wäre gut, dort jemanden zu kennen. Beruhigend.

››Wir könnten gemeinsam hingehen?‹‹

Ich war selbst erstaunt über meinen Mut.

››Okay!‹‹

Sein Gesicht erstrahlte plötzlich und da war er wieder, der selbstbewusste Mann, wie er vorhin in der Tür stand. Er hatte wohl zwei Gesichter.

Könnte gefährlich werden.

››Seit wann bist du hier?‹‹

Ich rechnete kurz nach.

››Das ist mein achter Tag hier!‹‹

Ryan runzelte die Stirn.

››Dich sieht man aber sehr selten. Du warst noch nie im Speisesaal, oder?‹‹

Seufzend senkte ich den Kopf.

››Es ging mir nicht besonders gut, vor allem die ersten Tage...‹‹

Ich fühlte mich unbehaglich und stand auf. Es war mir unangenehm, so antastbar zu sein.

››Also bis dann!‹‹

Endlich war es kurz vor fünfzehn Uhr. Ich kramte in meiner Tasche nach etwas Schönem zum Anziehen. Mein Pyjama und meine Kuschelhose, die ich die letzten Tage ständig getragen hatte, mussten dringend gewaschen werden. Zum Glück fand ich eine halbwegs annehmbare Bluse. Ich kämmte mir die Haare und flocht sie zu einem Zopf. In meinem Toilettentäschchen fand ich sogar etwas Make-up und Schminkzeug. Seit langer, langer Zeit schminkte ich mich wieder einmal. Es fühlte sich gut an. Das Make-up verdeckte meine blasse Haut und der Mascara betonte meine schönen rehbraunen Augen. Meine Augen, das Einzige, das mir an mir gefällt. Doch meine Euphorie hielt nur kurz. Plötzlich wurde ich nervös.

Was würde dort passieren? Worüber müsste ich reden? Hören dort alle zu?

Der Zeiger der Uhr tickte plötzlich so laut und es war, als wäre er schneller als sonst. Keuchend sank ich auf mein Bett. Alles begann, sich zu drehen und ich hielt mich fest.

Da ging die Tür auf. Ich hoffte auf eine Schwester. Auf Hilfe. Das erste Mal hätte ich wirklich gerne eine Spritze, die mich einfach einschlafen lässt.

Doch zu meiner Überraschung war es Ryan.

››Bist du bereit?‹‹, grinste er.

Ich schämte mich. Warum musste er auch ausgerechnet hier rein kommen.

Woher weiß er, wo mein Zimmer war?

Er sollte mich nicht so sehen.

››Was ist los?‹‹

Sein Lächeln verschwand und formte sich zu einem besorgten Gesichtsausdruck. Er kam näher und legte seinen Arm um mich.

››Schsch...‹‹ summte er in mein Ohr.

Sofort sprang ich auf.

Dieses „Schsch" war wie eine Waffe gegen mich. Dieses kleine Gesäusel holte alles herauf. Alles aus meinem tiefsten Inneren. Ich begann zu hyperventilieren. Meine Sicht verschwamm.

Mit dem Rücken zur Wand stand ich in Verteidigungsposition. Es machte mich wütend und verletzlich zugleich. Meine Augen waren weit aufgerissen, mein Atem ging schnell.

››Nein, nein.‹‹

Ich wiederholte es einige Male, bis ich mir

sicher war, dass er nicht auf mich zukommen würde. Er blieb stehen. Mit erhobenen Händen wich er zurück, zeigte mir, dass er keine Gefahr darstellte. Nach etlichen Minuten beruhigte sich mein Atem. Meine Arme schmerzten von der verkrampften Haltung. Er stand weiterhin einfach nur da und sah mich ruhig an.

››Es tut mir leid. Ich wollte dich nicht erschrecken!‹‹, sagte er leise.

››Nein. Mir tut es leid. Es ist nur, es ist nur ....‹‹

››Schon okay. Du musst nichts erklären.‹‹

Dieser Satz beruhigte mich ungemein.

››Danke.‹‹

Meine Antwort war nur ein Flüstern, doch er hörte sie.

Ich sah auf die Uhr. Es war beinahe halb vier. Zu spät für die Gruppentherapie.

››Oje‹‹, seufzte ich. ››Tut mir leid, dass du meinetwegen die Therapie verpasst hast.‹‹

››Dabei war ich doch so scharf drauf‹‹, grinste er.

Unwillkürlich musste ich auch lachen. Ein einfaches, aber ehrliches Lachen.

Und es tat so gut.

››Komm mit!‹‹

Er kam näher und reichte mir seine Hand. Ich starrte darauf, doch das war mir jetzt zu viel. Keine Hand, keine Nähe, ein Lächeln genügte. Er zog sie wieder zurück und ging nach draußen. Bei offener Tür wartete er auf mich. Zögernd folgte ich ihm. Als er auf eine Schwester zusteuerte, wurde ich nervös.

Was hatte er vor?

››Wir gehen eine Stunde in den Park!‹‹

Die Schwester nickte nur und öffnete die schwere Tür.

Ein Park?

Meine Stimmung wurde schlagartig besser. Wir fuhren mit dem Lift drei Stockwerke hinunter in das Untergeschoss. Dort befand sich ein großer, dämmriger Flur mit einigen Türen. „Waschraum“, „Maschinenraum“ waren darauf zu lesen. Auf der letzten Tür stand mit grüner Schrift „PARK", wie passend. Als er die Tür öffnete, blies mir ein kühler Wind ins Gesicht. Es war frisch. Richtiges Herbstwetter, doch noch gerade warm genug für meine kurze Bluse.

››Ich bin fast jeden Tag hier!‹‹

Vor mir lag eine lange Allee von Bäumen, mittendrin ein kleiner Weg ausgelegt mit kleinen Kieselsteinen. Am Rand ab und zu eine Bank. Wenn man den hohen Zaun hinter den Büschen nicht beachtete, fühlte man sich fast frei. Da wo ich wohne, gibt es keine Grünfläche. Nur Parkzonen, Autos und Kaufhäuser. Viel Lärm und viel zu viele Menschen. Doch hier spürte man regelrecht die Freiheit. Die Bäume waren bereits voll bunter Pracht und der leichte Wind ließ hin und wieder ein Blatt herunterbaumeln. Tief atmete ich die frische Luft in meine dankbaren Lungen. Es war so herrlich hier.

››Wunderschön!‹‹

››Ja, es ist traumhaft hier.‹‹

Er ging auf einen Baum zu und strich über dessen Rinde.

Ich tat es ihm gleich und spürte mit meinen Fingern die raue Oberfläche des dunklen, kräftigen Baumes.

››Er ist krank!‹‹

Dabei legte er so viel Trauer in seine Stimme, dass ich direkt Mitleid mit diesem Baum bekam.

››Woher weißt du das?‹‹

››Siehst du die offenen Stellen? Das sind nässende Risse.

Das deutet auf eine Fäulnis im Inneren hin. Eigentlich sollte sich das ein Fachmann ansehen.‹‹

››Bist du keiner?‹‹

››Nein. Nein‹‹, er lachte, als wäre es ein Scherz gewesen. ››Ich bin im Management tätig. ...‹‹

››Wow, ganz etwas anderes. Aber du wärst

gerne Gärtner. Oder?‹‹

Bedrückt sah er zu Boden.

››Ja. Schon als ich klein war, interessierte ich mich für Pflanzen und Bäume. Das Wunder der Natur. Es ist faszinierend für mich den Pflanzen beim Wachsen und Gedeihen zuzusehen.‹‹

Er klang dabei richtig euphorisch.

››Warum bist du kein Gärtner?‹‹

Wieder senkte er den Kopf.

››Warum, warum?‹‹

Sein Ton war scharf.

Ich erschrak und biss auf meine Lippe.

››Tut mir leid. Du kannst ja wohl nichts dafür.

Es ist wegen meines Vaters. Ich bin es ihm schuldig!‹‹

Ich verstand nicht, worauf er hinauswollte, denn sogleich lenkte er ab und erzählte mir von den Bäumen. Teilweise hörte ich gespannt zu, denn auch ich liebte die Bäume, die Kraft, die sie ausstrahlten, und doch ließen mich seine

Worte nicht mehr los. „Ich bin es ihm schuldig"
Was er wohl damit meinte??
Nach einer ganzen Weile wurde es kühl und es fröstelte mich.

››Ist dir kalt?‹‹

Ich nickte nur müde. Also standen wir auf und gingen zurück. Während wir im Lift waren, blieb es still.

Seine Euphorie, seine gute Laune war verflogen.

Er schien genauso erschöpft zu sein wie ich.

››Sehen wir uns morgen beim Mittagessen?‹‹

››Ja gern. Dann zeigst du mir den Speisesaal!‹‹
Ich klang ein wenig zu euphorisch.

››Abgemacht‹‹, antwortete er mit geweiteten Augen.

Nervös kaute ich auf meiner Lippe herum. Ich wusste nicht, wie ich es sagen sollte, aber ich wollte noch etwas loswerden.

››Ryan... Danke!‹‹

Meine Stimme war brüchig und leise, doch er

schien mich zu verstehen und nickte dabei grinsend. Dann drehte er mir den Rücken zu und verschwand. Auch ich zog mich in mein Zimmer zurück. Doch dieses Mal dachte ich nicht an meine Vergangenheit, sondern an seine. Und ich fragte mich, was ihn wohl hier her gebracht hatte.

Tag 9

Den Vormittag verbrachte ich, neben der Sitzung bei Dr. Baskin, mit einem Buch, das ich in der Tasche gefunden hatte. Danach räumte ich endlich meine Sachen aus. Dazu hatte ich bisher noch keine Kraft gefunden. Viel war nicht mehr darin. Etwas Unterwäsche, ein Rätselheft, ein Rock und ein Shirt, das ich gleich nach dem Duschen anzog. Als ich fertig war, klopfte es auch schon an der Tür. Ich hatte irgendwie das Gefühl, als könnte heute ein guter Tag werden.

Ryan kam überraschenderweise herein und erfreute mich mit einem wunderbaren Lächeln.

››Hallo.‹‹

››Hallo.‹‹

››Wie geht es dir?‹‹

››Gut, danke. Und dir?‹‹

Immer diese Floskeln, wo wir doch beide wussten, dass es uns nie richtig gut ging.

››Hervorragend. Ich darf heute eine Lady zum Essen ausführen.‹‹

Wir lachten beide. Für einen kurzen Moment war es, als wären wir nicht hier, sondern irgendwo da draußen und würden tatsächlich ganz normal essen gehen.

Gemeinsam gingen wir den Flur entlang. Am Ende des Ganges waren rechts ein paar Stufen nach unten. Schon konnte man das Klirren der Teller und Besteck und Stimmengewirr hören. Ruckartig blieb ich stehen. Ich wusste nicht, was mich erwarten würde. Neues machte mir stets etwas Angst. Unbeholfen sah Ryan mich an.

››Was ist los?‹‹

Ich wusste es selbst nicht genau. Andere Menschen zu treffen, denen es genauso ging wie mir, zeigte mir stets meinen eigenen Seelenzustand auf. Lieber wäre ich mit lauter fröhlichen Menschen zusammen, von denen ich mir selbst etwas abschauen könnte. Nein, das war auch falsch. Am liebsten war ich allein. Allein, mit mir selbst.

Denn unter Menschen hatte ich immer den Drang, stark sein zu müssen. Für die anderen.

Geduldig wartete Ryan, bis ich mich endlich traute, einzutreten. Und als ich nickte, lächelte er.

Der große Saal war hell beleuchtet und an der rechten Wand entlang war ein großes Buffet aufgebaut worden. Dahinter standen drei Köche, die der wartenden Menge das Essen auf die Teller servierten.

Andere saßen bereits und aßen meist still ihre Mahlzeit. Wir stellten uns an und kamen auch ziemlich schnell dran. Ich entschied mich für die Kürbiscremesuppe und einen kleinen Pflaumenkuchen als Nachspeise. Ryan, der sich ein großes Steak geholt hatte, wartete bereits auf einem der kleinen, runden Holztische auf mich. Ich fühlte mich beobachtet und tatsächlich starrte mich eine junge, magere

Frau vom Nebentisch aus an. Sie sah sehr müde aus. Ihre Augen waren verquollen und ihr blondes, strähniges Haar hing ihr ins Gesicht.

››Warst du heute bei Dr. Baskin?‹‹, fragte Ryan plötzlich.

Wollte er tatsächlich wissen, was ich ihm erzählt hatte? Dass ich geweint hatte, als es um meine Mutter ging, dass ich Angst hatte vor ihrem Besuch heute.

››Ja war ich. Um elf, wie immer. Und du?‹‹

››Ich hätte um acht einen Termin gehabt. Aber kurz davor kam eine Schwester und berichtete mir, dass er nicht im Haus sei.‹‹

››Komisch. Um elf war er da!‹‹

››Hmm. Heute hätte ich ihn echt gebraucht.‹‹

Dabei schien er heute wieder so ausgelassen. Doch bei genauerem Hinsehen bemerkte ich seine müden Augen. Leichte Augenringe zeichneten sich ab. Er wirkte vielleicht doch etwas abgeschlagen. Die Fröhlichkeit war wohl Fassade. Wie bei den meisten.

››Du kannst, also du könntest gerne auch mit mir reden, also, falls dich mal etwas bedrückt.‹‹ Ich lief rot an und sah weg. Noch bevor er antworten konnte, knallte plötzlich ein Tablett neben mir auf den Tisch.

››Hallo.‹‹

Eine rundliche Frau mit wildem Blick setzte sich neben Ryan.

››Hallo.‹‹

Ich war etwas irritiert.

››Caitlin- Vicky. Vicky – Caitlin!‹‹

Wir nickten uns beide zu. Sie schien sehr quirlig zu sein. Auf jeden Fall war sie eine alte Tratschtante.

››Dr. Baskin kam heute erst um halb elf in die Klinik. Ich habe ihn gesehen. Er meinte, es war ein Notfall. Allerdings war seine Frau schon um neun Uhr da. Komisch, oder?‹‹

Die Worte schossen nur so aus ihrem Mund.

Vicky hatte kurze, ziemlich kurze, braune Haare und ein paar Piercings im Ohr. Ihr ganzes Wesen war so aufgedreht, dass es mich ganz unruhig machte. Ständig wippte sie hin und her oder drehte an ihrer Gabel herum. Sie stellte noch eine ganze Menge Vermutungen über den Verbleib von Dr. Baskin an, dann war ich endlich fertig mit meinem Essen. Ich brachte mein Tablett zum Geschirrwagen und ging zurück zum Tisch. Dort stand ich einige Sekunden hinter meinem Stuhl, während Ryan angestrengt versuchte, Vickys Gespräch zu folgen. Er machte keine Anstalten aufzustehen, also ging ich wortlos zurück in mein Zimmer. Irgendwie enttäuscht über den Verlauf der Mittagsstunde setzte ich mich auf den Fenstersims und spähte nach draußen. Hin und wieder sah ich auf die Uhr. Vierzehn Uhr. Pünktlich auf die Minute klopfte es an der Tür. Ich bat sie herein.

›>Hallo‹‹, sagte sie vorsichtig.

›>Hallo, Mama!‹‹

Langsam und bedächtig, als erwarte sie gleich

einen Nervenzusammenbruch, kam sie näher.

››Ich habe dir ein paar Sachen mitgebracht.‹‹

Sie stellte den Koffer auf mein Bett und trat wieder einige Schritte zurück.

››Danke dir!‹‹

Wortlos öffnete ich den Koffer und packte einen Haufen Unterwäsche, Socken, zwei Jeans, einen langen Rock, mein Lieblingsshirt, eine weitere Bluse und zwei normale T-Shirts in meinen Kasten. Die schmutzige Wäsche packte ich in die Tasche und stellte sie ihr vor die Füße. Noch immer stand sie da und starrte mich an.

››Du siehst gut aus!‹‹ Sie klang überrascht.

››Wie geht es dir?‹‹

››Danke, ganz gut.‹‹

››Ich habe bei deiner Arbeit Bescheid gegeben, Caitlin. Doch gestern rief Herr With an und drohte, dass er dich feuern würde, wenn du morgen nicht kommen würdest.‹‹

Mir stockte der Atem. Klar, es gab viel zu tun in

der Praxis. Er brauchte eine fähige Zahnarzthelferin, doch ich wüsste nicht, wie ich schon wieder arbeiten könnte. Tränen liefen über mein Gesicht. Ich fühlte mich als Versagerin. Abschaum.

››Das kann er nicht machen. Wir werden einen Anwalt einschalten!!‹‹, versuchte meine Mutter mich zu beruhigen.

››Lass nur!‹‹

Ich konnte ihn verstehen. Was könnte er sich denn noch erwarten von mir? Ständig darauf zu hoffen, dass ich wieder komme. Ich würde mich auch feuern.

Ich hatte versagt. Kläglich versagt.

Wieder einmal.

Hilflos sackte ich auf meinem Bett nieder.

Ich hatte das Gefühl, als wäre ich ganz alleine auf der Welt. Keine Freiheit. Keine Arbeit. Keine Freunde, keine richtige Familie. KEIN LEBEN.

Sie kam näher und umarmte mich.

››Alles wird gut, Caitlin. Versprochen!‹‹

››Was weißt du schon?‹‹, fuhr ich sie an und vertrieb somit die letzte erreichbare Person, die mir zumindest noch etwas Halt in meinem Leben gab.

Sie schrak zurück und sah mich fassungslos an. Noch nie hatte ich sie angeschrien. Meinen Vater ja, oft sogar. Doch sie. Nie. Versteckte Aggressionen erwachten und richteten sich gegen sie.

››Vielleicht komme ich ein anderes Mal wieder!‹‹

››Ja, vielleicht. Danke für das Zeug.‹‹

Ohne sie eines weiteren Blickes zu würdigen, drehte ich mich auf meine Lieblingsseite und sah aus dem Fenster. Ich hörte die Tür ins Schloss fallen und weinte bittere Tränen. So lange bis meine Sicht verschwamm und ich in einen ruhelosen Schlaf fiel.

Tag 10

Der neue Morgen begann früh. Punkt sechs Uhr lag ich wach in meinem Bett. Die Sonne war noch nicht einmal aufgegangen. Plötzlich packte mich eine kleine Vorfreude. Schnell sprang ich aus dem Bett und lief hinaus. Am Gang sah mich eine Schwester entgeistert an.

››Ich möchte in den Park, bitte.‹‹

››Was, jetzt schon? ‹‹

Ich nickte euphorisch. Stirnrunzelnd schloss sie die Tür auf und ließ mich hinaus. Ich drückte die Fahrstuhltaste. Der Lift war im sechsten Stock. Das konnte ich nicht erwarten. Stürmisch lief ich die Treppe hinab in der Hoffnung, dass mich niemand aufhalten würde. Als ich endlich unten ankam, rannte ich zur Tür und mit einem Schwung schnellte sie auf. Im Park suchte ich mir ein gemütliches Plätzchen auf einer Bank. Erst jetzt wurde mir bewusst, dass ich noch im Pyjama war, doch es war mir egal. Nach etlichen Minuten wurde ich reichlich belohnt.

Die Sonne ging auf. Ein neuer Tag begann.

„Ein guter Tag um sich helfen zu lassen!"

Die ersten Strahlen glänzten durch das bunte Laub. Langsam erhob sich die Sonne aus der Tiefe und vertrieb die Dunkelheit. Schwarz wurde zu Blau. Dunkelheit beleuchtet. Ein wunderschönes Orange färbte die schon so bunten Bäume. Alles um mich schien zu leuchten. Ich vergaß alles um mich herum, so erfüllt war ich von dieser Schönheit.

››Schön, nicht wahr?‹‹

Ich drehte mich um. Da stand Ryan und glänzte in der Morgensonne. Er setzte sich neben mich und sah zum leuchtenden Horizont.

››Das Beste hast du verpasst!‹‹

››Ich habe es vom Balkon aus gesehen, doch das ist kein Vergleich zu hier.‹‹

››Dann hast du mich auch gesehen?‹‹

Er nickte.

››Es sah schön aus, wie die aufgehende Sonne dich beleuchtet hat, dein Haar zum Glänzen brachte und einen Schatten hinter dich warf.‹‹

Verlegen biss ich mir auf die Lippe.

››Du warst gestern so schnell weg beim Mittagessen!‹‹

››Das hast du bemerkt? Wo du dich doch so angeregt unterhalten hattest.‹‹

Ich hoffte, dass es sich nicht so eifersüchtig anhörte, wie es sich anfühlte. Er grinste nur.

››Du musst unbedingt eine von diesen Birnen kosten.‹‹

Er holte mir eine vom Baum und gab sie mir.

››Du hast noch nie so eine gute Frucht gegessen. Ich schwöre es.‹‹

Vorsichtig biss ich in die grüne, kleine Birne. Sie war sehr saftig und unbeschreiblich süß. Doch er hatte recht. Sie schmeckte nach mehr, nach dem Wunder der Natur.

››Kommst du mit frühstücken? Ich muss dann zu Dr. Baskin!‹‹

››Oh ja. Ich habe Riesenhunger!‹‹

Gemeinsam gingen wir die Treppe hinauf durch die schwere Tür, die sich von außen leicht öffnen ließ, nach hinten in den Speisesaal. Dort wimmelte es schon so von hungrigen Menschen. Ich nahm mir eine Semmel, etwas Butter und Honig, dazu eine Tasse Kaffee. Damit setzte ich mich zu Ryan, der nur einen Kaffee vor sich stehen hatte.

››Das ist dein Frühstück?‹‹

››Alte Managergewohnheit. Nie Zeit für ein anständiges Frühstück. Nach dem Motto, solange du wach bist, kannst du auch arbeiten.‹‹

››Hmm.‹‹

Ich widmete mich meinem Frühstück, als ich sie sah. Vicky.

Bitte nicht hier, bitte nicht!

Doch sie hatte uns schon gesehen.

››Hallooo‹‹, kreischte sie durch den halben Raum.

Eilig kam sie auf uns zu.

»Wie habt ihr geschlafen? Also ich echt gut. Wisst ihr, wovon ich geträumt habe? Also da war ein Kobold. Aber nicht so ein kleiner, lustiger wie aus dem Fernsehen, nein ein Riesiger ...«

Ich schweifte mit meinen Gedanken ab, das war meine einzige Chance, das durchzustehen. Als Ryan mich angrinste, wusste ich, dass es ihm genauso erging. Ein Gefühl, der Zugehörigkeit ließ mich seufzen.

Doch nach einer Weile stand er auf.

»Ich muss. Bis dann!«

Er ließ mich tatsächlich hier allein mit ihr.

»Na, was meinst du, Caitlin? Was könnte der Traum bedeuten? Also Stephan meinte, er bedeutet nichts, doch Sophie hingegen sagte, dass es meine keimenden Ängste widerspiegelt. Was meinst du?«

Dass Sophie und Stephan dabei überhaupt zu Wort kamen, wunderte mich.

››Ich kenne mich mit Träumen nicht so aus, Vicky.‹‹

››Träumst du denn nie etwas?‹‹

››Doch, aber das ist immer derselbe Traum.‹‹

Und da wusste ich auch, woher er kam, welchen Ursprung er hatte.

››Ich muss los, Vicky. Bis dann mal.‹‹

Ohne ein weiteres Wort ließ ich sie sitzen und ging auf mein Zimmer zurück.

Als Erstes wollte ich duschen. Schnell entledigte ich mich meiner Sachen und stellte mich unter den Wasserstrahl. Ohne zu schauen, drehte ich das Wasser auf. Mein Atem stockte und ich hielt die Luft an. Das Wasser war warm. Sofort drehte ich es wieder ab und stand zitternd in der Dusche. Warm hatte ich nicht mehr geduscht seit, seit...

Ich hielt die Wärme nicht aus. Mit dem kalten Wasser hatte ich zumindest ein Gefühl, ich spürte mich. Ich fühlte mich reiner. Schnell schaltete ich es auf kalt und ließ es auf mich herabprasseln, als müsste ich mich selbst bestrafen.

››Guten Tag!‹‹, begrüßte ich Dr. Baskin zwei Stunden später in seinem Büro.

››Guten Tag.‹‹

››Wie geht es dir heute, Caitlin?‹‹

››Gut, und Ihnen?‹‹

Nur einmal wollte ich den Spieß umdrehen. Schmunzelnd antwortete auch er mit einem kurzen „Gut" und holte sich seinen Block.

››Ich habe mir heute Morgen den Sonnenaufgang angesehen. Er war wunderschön.‹‹

Dr. Baskin nickte lächelnd.

››Wie war der Besuch deiner Mutter?‹‹

Ich biss mir auf die Wange. Ein schreckliches Gewissen überkam mich, weil ich sie so einfach weggeschickt hatte.

››Hat sie noch mal angerufen?‹‹

Dr. Baskin nickte nur und fuhr fort.

››Warum bist du so wütend auf deine Mutter?‹‹

››Weil sie mich im Stich gelassen hat, als ich sie am dringendsten gebraucht hätte ...‹‹

››In welcher Situation?‹‹

››Eine schlimme ...‹‹

››Die, worüber du nicht sprechen möchtest?‹‹

Ich nickte seufzend.

Dr. Baskin war sehr kompetent, freundlich und auch ehrlich, doch ich konnte nicht darüber sprechen. Zu sehr schämte ich mich dafür. Und vor allem nicht jetzt, wo es mir langsam besser ging. Ich wollte nicht schon wieder eingeholt werden von meiner Vergangenheit.

››Hast du schon einmal überlegt, Tagebuch zu schreiben?‹‹

Auf diese Idee war ich tatsächlich schon gekommen, aber wie sollte ich meine Geheimnisse darin aufschreiben, wenn ich nicht einmal daran denken kann.

››Nein!‹‹, log ich.

››Das solltest du. Und wenn es nur alltägliches ist, Gedichte oder kurze Gedanken.‹‹

Ich tat so, als hätte ich es tatsächlich vor und beendete das Thema.

››Wir werden deine Medikation etwas heruntersetzen, es scheint dir besser zu gehen. Du machst Fortschritte.‹‹

Plötzlich packte mich die Angst.

Ich will hier nicht raus.

Das erste Mal, seit Langem, fühlte ich mich aufgehoben, verstanden.

Ich sprach ihn darauf an und er versicherte mir, dass ich ohnehin nur gehen müsse, wenn auch ich selbst dafür bereit wäre.

Mittag traf ich mich wieder mit Ryan zum Essen.

››Du siehst müde aus.‹‹

Seine Augen wirkten leer, sein Gesicht war blass.

››Schlecht geschlafen …‹‹, murmelte er.

Er stocherte in seinem Salat herum und schien mit seinen Gedanken ganz weit weg zu sein.

Plötzlich bildeten sich Tränen in seinen Augen und er sprang vom Sessel auf. Schnellen Schrittes marschierte er aus dem Speisesaal. Ich hatte den Drang, ihm zu folgen, doch als ich im Flur ankam, war er verschwunden. Eine Schwester zeigte mir sein Zimmer. Als ich die Tür öffnete, war es still. Auf mein Klopfen hatte er nicht reagiert, also trat ich ein.

››Hallo?‹‹

Ich wartete kurz ab, ob ich etwas im Bad hören würde und sah mich um. Sein Zimmer war gestaltet wie das meine. Am Nachtschrank stand ein Foto von einer jungen, blonden Frau.

„In ewigem Gedenken. Caitlin"

Ich erschrak bei diesem Anblick. Wäre mein Selbstmord gelungen, würde irgendwo von mir so ein Bild stehen. Das hier musste seine Schwester sein. Außer einer großen Mappe und einem Handy sah ich keine weiteren persönlichen Gegenstände. Plötzlich wusste ich, wo er sein würde. Ich schloss seine Zimmertür und bat eine Schwester, mich raus zu lassen. Schnell rannte ich die Treppe hinab, hinaus in den Park. Und ich hatte recht. Da saß er. Allein auf einer Bank. Schon von Weitem konnte ich erkennen, dass es ihm nicht gut ging. Seine Schultern waren gesenkt.

››Hey.‹‹

Er sah hoch. Seinen Augen waren gerötet.

››Hey.‹‹

››Kann ich dir helfen?‹‹

››Sei mir nicht böse, aber bitte geh!‹‹

Dennoch setzte ich mich neben ihm. Er sah mich grimmig an. Seine Stirn lag in tiefen Falten.

››Verschwinde!‹‹

Seine Stimme war nun schon lauter, fast wütend. Ich erschrak über die Heftigkeit seiner Worte. Dennoch fasste ich all meinen Mut zusammen.

››Nein.‹‹

Sein Blick zeigte mir seine Fassungslosigkeit.

››Bitte was?‹‹

››Du warst auch da, als es mir schlecht ging. Du hast geduldig gewartet und mir geholfen. Dasselbe möchte ich auch für dich tun.‹‹

Tief atmete er ein und aus. Seine Züge entspannten sich.

››Wenn du mir sagst, warum du hier bist.‹‹

››Ich kann dir nicht alles sagen. Noch nicht.‹‹

Er nickte und wartete ab.

››Ich habe versucht, mich umzubringen.‹‹

Seinen Augen glitten zu meinem verbundenen Handgelenk. So schwer, war es nun nicht zu erraten.

››Warum?‹‹

Warum? Ständig diese Frage.

››Das kann ich nicht so genau sagen …‹‹

››Aber, was hast du dir dabei gedacht?‹‹

››Glaubst du ernsthaft, ich konnte dabei noch rational denken? Es war eine

Kurzschlussreaktion.‹‹

››Was war der Auslöser?‹‹

››Meine Familie. Sie haben mich verraten und im Stich gelassen.‹‹

Ich war kurz davor zu weinen. Dagegen musste ich etwas tun.

››Und jetzt du!‹‹

››Hier bin ich, weil ich in der Arbeit ausgetickt bin. Meine Arbeitswoche bestand aus sechzig – siebzig Stunden die Woche. Irgendwann bin ich durchgedreht und habe im Büro den Computer vom Tisch gefegt. Dabei war nur ein Programm hängen geblieben, aber damit war ich an diesem Tag überfordert. Daraufhin kam ich hierher.‹‹

››Und geht es dir jetzt besser?‹‹

››Ein wenig ...‹‹ er wich mir aus. ››Was arbeitest du eigentlich?‹‹

››Ich bin, oder ich war Zahnarzthelferin. Allerdings gehört das wohl leider der Vergangenheit an...‹‹

››Hast du gekündigt?‹‹

››Nein, er hat mich rausgeworfen. Kann ich aber auch irgendwie verstehen. Wer will schon eine, die hier drin war.‹‹

››Rede nicht so abfällig über dich. Ich würde gerne mit dir zusammenarbeiten!‹‹

Ich lächelte kurz und sah dann verlegen zu Boden. Als ich meinen Mut wieder fand, wollte ich mehr wissen.

››Was hat es mit deiner Schwester auf sich?‹‹

Er schluckte laut und seufzte.

››Ich weiß nicht, ob ich darüber reden kann.‹‹

››Das versteh ich nur zu gut. Wie alt war sie, als sie starb?‹‹

››Fünf. Junge fünf Jahre. Heute ist ihr Sterbetag.‹‹

Jetzt verstand ich sein Verhalten von vorhin.

››Das tut mir leid. Woran ist sie gestorben?‹‹

Sein Atem wurde schneller. Er stand auf und ging zu dem kranken Baum. Ich folgte ihm. Ryan strich sanft über die Rinde, als würde er den Baum trösten.

››Meinetwegen…‹‹, sagte er schließlich.

Ich verstand kein Wort.

››Was meinst du damit?‹‹

Seine Augen füllten sich mit Tränen, als er mich ansah.

››Ich war elf Jahre alt, als ich eines Abends auf meine Schwester aufpassen sollte. Eigentlich hätten wir bereits um acht im Bett liegen sollen, aber wir waren gerade so schön am Spielen. Ich liebte meine Schwester, ich wollte ihr nie etwas Schlechtes …‹‹

Die Tränen kullerten über seine Wangen. Ich umarmte ihn und es schien, als würde er sein gesamtes Gewicht auf mich lagern.

››Was ist passiert, Ryan?‹‹

Nach einigen Minuten fasste er sich wieder.

››Wir hatten Verstecken gespielt. Ich war dran mit Suchen, als ich sie eine halbe Stunde später endlich fand, lag sie bewegungslos im Pool.‹‹

Er schluchzte und weinte an meiner Schulter.

Noch nie hatte ich einen Mann weinen gesehen. Ich fühlte mich so hilflos, wusste nicht, wie ich ihm helfen konnte.

››Und du gibst dir die Schuld dafür?‹‹

››Ja, natürlich.‹‹

Er sagte es, als wäre es selbstverständlich.

››Sagen das deine Eltern?‹‹

››Ausgesprochen haben sie es nie. Aber ich sehe es in ihren Augen.‹‹

››Du solltest mit ihnen darüber reden.‹‹

››Tust du das denn?‹‹, fuhr er mich an.

Er zuckte bei seinen eigenen Worten zusammen. ››Tut mir leid. Ich weiß, du willst mir nur helfen...‹‹

››Du bist nicht Schuld, Ryan!‹‹

Ich legte so viel Kraft in meine Stimme, in der Hoffnung es würde irgendwie zu ihm durchdringen. Irgendwie.

››Aber wenn ich... hätte ich ...‹‹

››Ryan, du darfst dir nicht die Schuld dafür geben! Das war ein Unfall. Du warst zu jung.

Viel zu jung!‹‹

Wir seufzten beide tief. Langsam löste er sich aus der Umarmung.

››Gehen wir zur Gruppentherapie?‹‹, fragte er abwesend.

››Ich weiß nicht.‹‹

Seine Schultern blieben gesenkt. Betreten sah er zu Boden.

››Danke. Es hat gut getan mit jemandem zu reden. Du bist die Erste, der ich es erzählt habe.‹‹

››Dr. Baskin weiß es auch nicht?‹‹

››Nein.‹‹

››Das sollte er!‹‹

Er nickte nur und ging voran.

››Willkommen zur Gruppentherapie. Wir haben heute zwei neue Gesichter unter uns. Wollt ihr euch kurz vorstellen?‹‹

Ryan und ich sahen uns unschlüssig an. Wir saßen nebeneinander in einem Kreis mit fünf anderen Patienten.

››Also dann fange ich einmal an! Ich bin Frau Dr. Baskin, 42 Jahre alt und heute geht es mir gut!‹‹

Ohne zu zögern, übernahm ich das Wort, bevor ich noch den Mut verlor.

››Ich bin Caitlin. 26 Jahre und es geht mir ... ganz okay.‹‹

››Ich bin Ryan, 30 und es geht mir heute echt gut.‹‹

Ich zog eine Augenbraue hoch und sah ihn an, doch er wich meinem Blick aus.

››Ich bin Jim, 52 und es geht mir gut.‹‹

Jim war ein viel älter aussehender, magerer Mann mit einer Halbglatze. Er war der Typ Mensch, der einem leidtat, wenn man ihn nur ansah.

››Ich bin Frank. 24 Jahre alt und alles läuft wie´s soll.‹‹

Lässig saß er auf einem Sessel. Die Hose viel zu weit unten grinste er wie ein Schuljunge. Ich fragte mich, warum er wohl hier war.

››Ich bin Vicky. 33 und es geht mir nicht so gut!‹‹

Vicky. Ich hatte sie noch gar nicht bemerkt. Sie schien heute so ungewöhnlich ruhig.

››Vicky, gibt es einen bestimmten Grund dafür?‹‹

››Ja‹‹, seufzte Vicky. ››Sie fehlen mir so.‹‹

Alle schienen sich auszukennen, außer mir. Ich würde Ryan wohl später danach fragen.

››Ich bin Sarah. 17 und heute geht es mir wieder besser.‹‹

Es war nicht zu übersehen, warum sie hier war. Ihr Körper war abgemagert bis auf die Knochen. Ihre schwarzen, dünnen Haare waren zu einem Zopf zusammengebunden. Sarahs Augen waren leer, als blickte man direkt in den Tod.

››Ich bin Olivia. 59 und es ist okay.‹‹

››Ich danke euch! Ich gebe jedes Mal eine Aufgabe und wir erarbeiten diese dann in der

Gruppe. Letztes Mal haben wir darüber gesprochen, welches Tier ihr gerne sein würdet. Wer will anfangen?‹‹

Die nächsten fünfzehn Minuten vergingen wie im Flug, jeder nannte ein anderes Tier und die verschiedensten Gründe dafür.

››Ryan?‹‹

Ryan war in Gedanken versunken.

Wahrscheinlich wusste nur ich, wo er gerade war.

››Ryan?‹‹

››Ähm ja, ich wäre gern ein einsamer Löwe in einer großen Steppe. Stark und unabhängig.‹‹

Interessant.

››Caitlin?‹‹

››Ein Vogel!‹‹

Ich wartete auf belustigte Blicke, aber es kamen keine. Ihre Blicke wirkten interessiert. ››Weil er so frei ist, einfach frei!‹‹

››Und du wärst auch gerne so frei wie ein Vogel?‹‹

›› Ja, vor meinem Fenster sitzt ständig ein schwarzer Vogel. Ich beobachte ihn gerne.‹‹

Wir redeten noch ein wenig über die Bedeutung der Tiere, dann bekamen wir eine neue Aufgabe für die nächste Woche.

›› Überlegt euch bitte, inwiefern euch andere Menschen in eurer Stimmung beeinflussen.‹‹

Schwierige Frage.

›› So, dann kommen wir jetzt wieder zum Schluss. Ich danke euch für eure Offenheit. Bis zum nächsten Mal.‹‹

Vicky kam gleich wieder herbei gestürmt.

›› Hallo Leute.‹‹

Vicky wollte gerne ein Eichkätzchen sein. Wie passend.

Wir begrüßten sie gleichzeitig.

›› Was macht ihr heute noch?‹‹

›› Ach nichts.‹‹

Ryan zog sich geschickt aus der Affäre.

›› Ich bekomme gleich Besuch von meinen Eltern.‹‹

Ob das stimmt?

Bevor er verschwinden würde, wollte ich ihm noch etwas mitteilen.

››Denk daran, was wir heute besprochen haben.‹‹

Ratlos sah er mich an, bis sein Blick sich plötzlich veränderte. Ich erkannte in seinem Verhalten, dass er verstand, was ich meinte.

››Vielleicht‹‹, sagte er kurz und ging.

Besorgt sah ich ihm nach.

Ich hoffte, dass er mit seinen Eltern reden würde. Aber ich wusste selbst, wie schwierig so etwas sein konnte.

››Und was stellen wir heute noch an?‹‹

Mit einem breiten Grinsen im Gesicht wartete sie auf meine Antwort.

››Eigentlich wollte ich auf mein Zimmer.‹‹

›Ja, super, ich komm mit!‹‹

Begriffsstutzig auch noch.

Beinahe wollte ich meine Augen verdrehen.

››Oder wir gehen in den Park?‹‹

Alles, nur nicht diese Frau in meinem Zimmer. Bis zum Abendessen war es ja nicht mehr so lange hin und das kam Gott sei Dank auf mein Zimmer. Still gingen wir nebeneinander nach unten. Im Park setzte ich mich einfach auf eine Bank und sah zum kranken Baum hin. Wie gerne wäre ich jetzt mit Ryan hier.

››Warum bist du hier?‹‹, unterbrach sie die angenehme Stille.

››Darüber will ich nicht reden!‹‹

››Es heißt, du hättest versucht, dich umzubringen.‹‹

Vor ihr ist aber auch wirklich nichts sicher.

Ich nickte leicht und sah zu Boden. Mit meinen Füßen grub ich in den kleinen Kieselsteinen herum.

››Ich bin auch nicht gerade liebevoll mit mir umgegangen.‹‹

Sie grinste, als wäre es schön, sein Leben zu verpfuschen.

››Hast du …‹‹

»Nein, ich habe Pillen eingeworfen. Grüne, rote, blaue. Aber am liebsten die Gelb-Weißen. Die versetzen einen an wunderschöne Orte.«
Sie seufzte. »Ich vermisse sie.«
»Deshalb bist du hier?«
»Ja, ich hatte kein Leben mehr, war nur noch high. Bin fast verrückt geworden. Hihi.«
Sie lachte, als wären es gute Erinnerungen.
»Warum wolltest du dein Leben beenden?«
»Lange Geschichte.«
»Versteh schon, du willst nicht darüber reden.«
Ich schüttelte den Kopf.
»Das solltest du aber, mit irgendjemandem.«
Vicky erzählte mir noch eine Weile von ihren geliebten Pillen, deren Wirkungen und warum sie damit angefangen hatte.
Zu meiner Erleichterung interessierte sie sich nicht sonderlich für meine Vergangenheit. Und so schlimm war es gar nicht mit ihr. Zumindest vertrieb sie die Zeit.

Stunden später lag ich erschöpft im Bett. Vicky war so quirlig, dass sie mich ganz unruhig gemacht hat. Sie brachte mich aber auch zum Nachdenken.

Möchte ich leben? Soll es so weitergehen? Wie soll es weitergehen? Sollte ich mich wieder als Zahnarzthelferin bewerben oder endlich das machen, was ich schon immer tun wollte?

Eine ganze Weile dachte ich über meine berufliche Zukunft, meine Chancen nach. Die Uhr zeigte bereits zehn Uhr. Doch ich war hellwach. In meinem Kopf schossen die Gedanken kreuz und quer. Ich konnte nicht abschalten, einschlafen.

Unruhig wälzte ich mich von einer Seite auf die andere. Ich wollte nichts lieber als schlafen. Ich kannte dieses Gefühl der Schlaflosigkeit. Die Verzweiflung, die einen wach hielt.

Plötzlich klopfte es an der Tür. Als sie aufging, hörte ich jemanden kichern.

Vicky und Sarah von der Gruppentherapie

kamen herein.

Ich war überrascht.

››Was macht ihr hier?‹‹

››Komm zieh dir was an! Wir wollen dir was zeigen!‹‹

››Oh nein. Ich wollte gerade schlafen‹‹, log ich.

››Schlafen kannst du, wenn du tot bist!‹‹

Sarah verzog dabei keine Miene. Es schien ihr ernst zu sein.

››Komm schon. Nicht jeder darf dorthin!‹‹

Vicky war nicht aufzuhalten. Sie zog mir meine Decke vom Bett. Vielleicht war es gar nicht so schlecht. Etwas Ablenkung würde mir vermutlich guttun.

››Wo geht es hin?‹‹

››Das ist eine Überraschung!‹‹

Vicky und Sarah könnten nicht ungleicher sein. Während die eine ständig quasselte und grinste, verzog die andere absolut keine Miene. Ich zog mir schnell Rock und Bluse an. Meine Haare band ich hinten zusammen. Die beiden warteten währenddessen an der Tür und tuschelten unentwegt.

››Du bist so hübsch!‹‹, murmelte Sarah, als ich an die Tür trat.

Sie drehte sich eine meiner Haarsträhnen um den Finger und sah mich nachdenklich an. Ich lachte auf. So einen Unsinn hatte ich schon lange nicht mehr gehört.

››Wir müssen ganz leise sein!‹‹

Irgendwie war es aufregend. Wir huschten schweigend durch den Flur. Blieben immer wieder stehen und lauschten, ob jemand kommen würde. Hin und wieder hörte man die Krankenschwestern im Aufenthaltsraum reden.

››Der Fernseher läuft, sie scheinen abgelenkt.‹‹

Als wir die Stufen hinunterliefen, musste ich kichern. Ich war so aufgeregt wie schon lange nicht mehr.

Was mich wohl erwartet?

Wir huschten im Keller den Flur entlang. Ich dachte schon, wir würden in den Park gehen, doch da blieb Sarah vor dem „Waschraum" stehen und sah sich um.

Ich fühlte mich lebendig, frei. Und in meinem Bauch kribbelte es. Als Sarah die Tür öffnete und wir eintraten, sah ich, dass wir nicht die Einzigen waren. Nur konnte ich nicht erkennen, wer noch anwesend war.

Es war zu dunkel. Nur ein kleines Licht brannte in einer Ecke des Raumes.

Es dauerte einige Sekunden, bis sich meine Augen an das karge Licht gewohnten.

Fünf riesige Waschmaschinen standen in einer Reihe rechts von mir. Sie waren ausgeschaltet. Auf der linken Seite waren drei Tische aufgestellt worden und um sie herum saßen ein paar Leute. Ich setzte mich rechts neben Vicky und sah in die Runde. Neben ihr saß Sarah, dann Frank, den ich auch aus der Gruppe kannte. Zwei weitere Männer, die ich bei diesem Licht nicht genau ausmachen konnte und links von mir lächelte Ryan mich an. Ich hatte ihn erst gar nicht bemerkt. Unweigerlich musste ich schmunzeln. Ich freute mich, dass auch er hier war.

››Haben sie dich auch hierher geschleppt?‹‹

Ryan lachte. Er wirkte so frei und entspannt.

Waren heute nicht seine Eltern da? Lief es gut? Hier war nicht der richtige Ort es anzusprechen, auch wenn es mir auf der Zunge lag.

››Ja, wieder was Neues! Bist du auch das erste Mal hier?‹‹

››Ja. Ich wusste zwar davon, aber ich hatte mich bislang immer geweigert...‹‹

Wir sahen uns in die Augen. Ich versuchte darin, etwas zu erkennen. Ob er traurig war oder irgendwie erleichtert schien. Doch dann konnte ich mich kaum von seinem Blick lösen. Es war, als bliebe die Zeit stehen.

››Ihr beiden kennt die Regeln hier noch nicht! Hört mal zu!‹‹

››Was hier gibt es Regeln? Ich dachte Sinn und

Zweck wäre das hier, dem zu entfliehen!‹‹

Die ganze Gruppe lachte. Es wirkte so vertraut. Ich fühlte mich wohl.

››Eigentlich nur zwei! Erstens müsst ihr schwören hierüber Stillschweigen zu bewahren und zweitens darf hier über nichts Ernstes gesprochen werden! Hier wird gelacht und getratscht, aber niemals gejammert oder diskutiert!‹‹

Vicky betonte ihre Worte mit dem Schlag einer Weinflasche auf den Tisch.

››Wo sind die Becher?‹‹

Ein Mann, der mir bislang unbekannt war, hob ein paar davon hoch.

››Vicky, willst du uns die Neuzugänge nicht mal vorstellen?‹‹

››Das ist Caitlin und das ist Ryan!‹‹

Dabei zeigte sie auf uns. Danach deutete sie auf den Mann und den danebeben. Beide kannte ich nicht.

››Und das sind Mike und Dennis!‹‹

Wir begrüßten uns kurz und dann ging es auch schon los. Es wurde so viel Unsinn gesprochen und dazu getrunken, dass ich nicht mehr aufhören konnte zu lachen.

An sich waren die Gespräche gar nicht so lustig, aber die Stimmung, der Alkohol, das Gefühl des Verbotenen, machten es zu einem unvergesslich, lockeren Abend.

Ich musste so viel lachen, dass mir der Bauch wehtat. Immer wieder sah ich zu Ryan. Es schien ihm genauso zu gehen. Er wirkte befreit, fast beflügelt. Plötzlich änderte sich die Stimmung.

››Wir müssen los!‹‹

››Was? Warum?‹‹

Verwirrt sah ich durch die Runde. Ich wollte nicht, dass der Abend endete. Etwas betrunken schwankte ich durch den Raum.

››Warum?‹‹, wiederholte ich energisch.

››Um ein Uhr machen die Krankenschwestern eine Runde. Wenn wir nicht da sind, schöpfen sie Verdacht!‹‹

Enttäuscht folgte ich den anderen. Als sie jedoch alle zum Park gingen, war ich verwundert.

››Aber eine Zigarette vor dem Ende gönnen wir uns immer. Einfach um etwas runterzukommen!‹‹

Ich versuchte jede weitere Sekunde festzuhalten.

Ryan gab mir eine seiner Zigaretten und ich nahm sie dankbar entgegen.

Es war draußen so frisch, dass ich fror. Da stellte er sich ganz dicht hinter mich und legte einen Arm um mich, um mich etwas zu wärmen und vor der Kälte zu schützen. Ich genoss die Berührung. Mein Bauch kribbelte. Niemals wollte ich wieder zurückgehen. Ich kam mir vor wie ein kleines Kind, das zu Bett geschickt wird, wenn es am spannendsten ist.

Aber jetzt einen Aufstand zu riskieren, wäre wohl zu riskant.

›»So, noch 15 Minuten. Auf geht's Leute!«‹
Nacheinander schlichen wir hoch. Im vorletzten Stock wünschten wir uns alle eine gute Nacht. Niemand verlor ein Wort darüber, wann es wiederholt werden sollte.

Enttäuscht eilte ich in mein Zimmer zurück. Ich putzte kurz meine Zähne, warf meine Klamotten über einen Stuhl und huschte ins Bett. Gerade als ich entspannt dalag und versuchte, mit dem „Hubschraubergefühl" nach zu viel Alkohol klar zu kommen, öffnete sich meine Tür.

Leise Schritte kamen mitten in den Raum. Kurz war es völlig still. Ich versuchte flach und langsam zu atmen. Erleichtert stellte ich fest, dass die Krankenschwester wieder mein Zimmer verließ.

Dennoch konnte ich nicht schlafen. Ich wusste nicht, ob es am Alkohol oder an Ryan lag. Ich drehte und wälzte mich, bis ich Stunden später in einen unruhigen Schlaf fiel.

Tag 11

Es klopfte an der Tür und kurz darauf kam Ryan herein.

››Du liegst noch im Bett? Was ist mit Frühstück?‹‹

Er schien gut gelaunt zu sein.

››Ich war bis halb 5 wach‹‹, murmelte ich.

››Warum?‹‹

Warum?

Wie sehr ich dieses Wort schon verabscheute.

››Weil ich nicht schlafen konnte. Absolut nicht. Mein Kopf war voller Gedanken.‹‹

››Worüber?‹‹

››Über meine Arbeit. Ich wurde gekündigt. Über meine Familie, wie es weitergehen soll. Und über dich.‹‹

Immer wieder kam er mir in meinen Gedanken unter. Nicht nur aus Sorge, nein da war auch etwas anderes. Ein vertrautes Gefühl.

››Über mich?‹‹

Meine Wangen glühten. Ich errötete und nickte verlegen.

››Und worüber genau?‹‹

››Einfach über dich. Wie ich dir helfen könnte. Wie der Besuch deiner Eltern war.‹‹

Den Rest musste er nicht wissen...

Ryan grinste.

››Schön zu hören! Lass uns erst einmal frühstücken gehen, danach erzähl ich dir davon.‹‹

Zwei Stunden später saß ich satt und frisch geduscht auf der Bank im Park. Sie war ein Symbol unserer Freundschaft geworden. Ryan kam und nahm neben mir Platz.

››Es ist so schön hier.‹‹

Er nickte. Dabei spielt er nervös mit seinen Händen.

››Was ist los?‹‹

››Mir geht das nicht mehr aus dem Kopf.‹‹

››Was?‹‹

››Dass du an mich gedacht hast.‹‹

››Jetzt denkst du also über mich nach?‹‹, scherzte ich.

››Scheint so.‹‹

Er schmunzelte. Ich wusste nicht, wohin dieses Gespräch führen würde, aber irgendwie hatte ich Angst davor. Ein Kribbeln machte sich in meinem Bauch breit. Ich musste das Thema ändern.

››Wie war der Besuch deiner Eltern?‹‹

Tief atmete er ein und aus.

››Ich habe deinen Rat befolgt und sie darauf angesprochen. Meine Mutter hat mich sofort umarmt und geweint. „Niemals würden wir dir die Schuld dafür geben", hatte mein Vater gesagt. Es war beruhigend, wie ein schwerer Stein, der sich gelöst hat.

Ich habe das Gefühl, nicht mehr in ihrer Schuld zu stehen!

Aber glauben kann ich es dennoch nicht.‹‹

››Aber es ist ein Anfang.‹‹

››Caitlin, ich habe noch nie einen Menschen getroffen, dem ich je so vertrauen konnte. Bei dir fühle ich mich so sicher.‹‹

Mein Herz machte einen Sprung. Unweigerlich musste ich lächeln und errötete.

››Mir geht es genauso‹‹, flüsterte ich.

Langsam nahm er meine Hand und ich ließ es zu.

Es fühlte sich gut an. Warm und stark. Beschützend und gebraucht.

Ich hoffte nur, dass er mich jetzt nicht küssen würde. Nicht jetzt. Ich wäre nicht bereit dazu.

Doch er lächelte nur sanft und erzählte mir von seiner Schwester. Nichts daran war bedeutungslos. Es war vertraut und die Zeit verging viel zu schnell.

Beinahe hatte ich den Termin bei Dr. Baskin vergessen.

››Guten Tag.‹‹

››Hallo.‹‹

Er lächelte und wartete. Nach einigen

Sekunden veränderte sich sein Gesichtsausdruck zu einem breiten Grinsen.

››Caitlin, du strahlst heute so. Ist etwas geschehen?‹‹

››Ich habe einen Freund gefunden.‹‹

››Ryan?‹‹

››Ja, woher ...‹‹

››Hier bleibt nichts verborgen!‹‹

Er zwinkerte mir zu.

››Kannst du mit ihm reden?‹‹

››Ja, es ist alles so leicht mit ihm. Ich fühle mich ... gut in seiner Nähe.‹‹

››Ist es Freundschaft?‹‹

››Darüber bin ich mir selbst noch nicht im Klaren.‹‹

Und das stimmte sogar. War es nur ein gutes Gefühl der Sicherheit, oder hatte das Kribbeln doch mehr zu bedeuten? Ich wusste es nicht.

››Wenn er dir guttut, genieße es. Allerdings solltest du dich nicht in etwas hineinstürzen... Lasst euch Zeit!‹‹

Ich nickte verlegen und auch Dr. Baskin schien über zu überlegen. Sein Stirnrunzeln wurde tiefer.

››Ich hätte einen Vorschlag und bitte dich, erst darüber nachzudenken, bevor du antwortest.‹‹

Ohje!

Ich nickte.

››Deine Mutter möchte bei einigen Therapien dabei sein.‹‹

Mein erster Impuls war tatsächlich ein lautes Nein. Doch irgendwie wollte ich dennoch gerne wissen, was sie zu sagen hatte.

››Okay.‹‹

Dr. Baskin runzelte die Stirn.

››Dann morgen mit deiner Mutter?‹‹

Der Gedanke daran machte mich nervös. Ich schob ihn beiseite und wir redeten noch eine ganze Weile über Ryan, bevor die Sitzung zu Ende war.

Mittags saß ich erneut neben Ryan und Vicky.

Sie redete unentwegt von Olivia, und was nicht alles falsch an ihr war. Ich hasste solche Gespräche.

››Habt ihr schon über die Gruppenaufgabe nachgedacht?‹‹, fragte Frank, der neben Ryan Platz nahm. Ryan lächelte verlegen.

››Ja. Meine Stimmung wird in letzter Zeit des Öfteren beeinflusst.‹‹

Dabei grinste er, als er meinen Blick auffing. Ich wusste, was er meinte. Auch er hatte eine Wirkung auf mich. Eine positive. Doch ich durfte mich nicht verlieben. Nicht jetzt. Ich musste erst wieder mein Leben in den Griff bekommen. Genauso wie er das seine. Es war der falsche Zeitpunkt.

„Blödes Timing", schrie eine Stimme in meinem Kopf. Vicky hatte diesen Blick offenbar bemerkt. Sie grinste schelmisch und zwinkerte mir dabei zu.

››Was ist?‹‹, fragte Ryan.

Es schien ihn genauso nervös zu machen wie

mich.

››Ihr beide? Läuft da was?‹‹

Sie nahm wirklich kein Blatt vor den Mund.

››Nein!‹¸ sagte ich schnell, bevor er etwas anderes erwidern konnte und versuchte Ryan dabei nicht anzusehen. Ihr Blick blieb skeptisch, doch sie hakte nicht weiter nach.

Nach dem Essen beschlossen Ryan und ich ein wenig im Park zu spazieren. Ich brauchte meine Winterjacke, so kalt war es an diesem Tag. Der Herbst war nun endgültig ins Land gezogen. Dennoch genoss ich die frische Luft und vor allem seine Anwesenheit. Mein Blick glitt über die bunten Blätter auf dem Boden. Und ich widerstand dem Drang, in den nächsten Blätterhaufen zu springen.

Ich bin doch kein Kind mehr.

Nach einigen Schritten blieb er plötzlich stehen. Ich drehte mich um und sah in seine wunderschönen Augen. Ich wusste sofort, was er vorhatte. Seine Augen, sie leuchteten, während er nicht so recht wusste, wohin mit seinen Händen.

››Ryan, ich...‹‹

Ich schüttelte den Kopf. Es fiel mir schwer, die richtigen Worte zu finden.

››Natürlich. Wie solltest du auch an jemandem wie mich interessiert sein. Das hast du vorhin deutlich gemacht.‹‹

››Ryan, wärst du mir draußen begegnet, wäre das etwas anderes. Da hätten wir eine Chance. Aber hier... hier klammern wir uns nur an etwas fest, dass sich gut anfühlt.‹‹

Er schnaubt. Sein Blick verdüstert sich.

››Was ist hier anders?‹‹

››Ryan, wir sind beide ... Sieh uns doch an!‹‹

Er atmete laut aus. Dann kam er näher.

››Das tu ich, Caitlin. Ich sehe dich! Merkst du nicht, wie gut wir uns ergänzen. Wir können uns helfen.‹‹

››Du kannst mir nicht helfen!‹‹

Ohne ein weiteres Wort drehte ich mich um und lief zurück in mein Zimmer. Er hatte mir gerade das Einzige genommen, was mich hier über Wasser hielt. Warum machte er es so viel komplizierter?

Sobald ich meine Tür geschlossen hatte, begann ich zu weinen. Ich fiel auf mein Bett, streifte nur meine Schuhe ab und rollte mich ein. Tränen bedeckten mein Kissen. Mein ganzer Körper zitterte, während sich der Schmerz in meiner Brust langsam vergrößerte. Ich hatte den einzigen Menschen verstoßen, der Zeit mit mir verbringen wollte. Das konnte ich gut.

Ein Teil von mir hoffte, dass Ryan hereinkommen würde, dass er nicht aufgab, mich anschrie. Doch ich wusste auch, dass ich ihn sofort wieder wegschicken würde.

Es ist besser so. Für mich, für ihn ... für uns.

Tag 12

Mein Morgen begann mit Kopfschmerzen und verquollenen Augen. Ich wollte so nicht in den Speisesaal. Doch trotz der kalten Dusche fühlte ich mich abscheulich, spürte wieder diese Leere in mir. Ein herber Rückschlag. Dabei dachte ich noch, es ginge endlich bergauf. Anscheinend war es Ryan, der mein Lichtblick war in diesen dunklen Tagen. Doch ich musste allein zurechtkommen. Niemand anderes war für mein Glück, für mein Seelenheil verantwortlich.

Ich beschloss, auf das Frühstück zu verzichten und verkroch mich in meinem Zimmer. Den ganzen Vormittag verbrachte ich grübelnd im Bett, starrte dabei an die Decke oder starr aus dem Fenster. Diese altbekannte Schwere hatte mich wieder im Griff. Und als ich aufstand, drückte sie mich beinahe zu Boden. Jeder Schritt war eine Qual.

Ich ließ mich am Fenstersims nieder, lehnte meinen Kopf an die kühle Scheibe und sah dabei zu, wie der kalte Herbstwind durch die Bäume fegte. Er war roh, unerbittlich und dennoch beruhigte er mich. Es dämpfte meine Verzweiflung, meine Wut auf mich selbst. Irgendwie fühlte ich mich wie dieser Baum. Der Umgebung ausgeliefert. Doch er hielt stand. Trotz aller Widrigkeiten gab er nicht auf.

Kann ich das auch? Dem Sturm standhalten?

Ein Klopfen holte mich aus meiner Trance. Dr. Baskin trat in mein Zimmer. Sein Blick war forsch.

›Caitlin? Es ist 11:15‹‹

Ja und? Wen juckt das schon?

››Muss ich jetzt kommen?‹‹

Ich klang trotzig, wie ein kleines Kind.

››Ich bitte darum!‹‹

Mühsam stand ich auf. Noch immer in meinem rosa Plüschpyjama trottete ich ihm durch den belebten Flur hinterher. Fragende Blicke trafen mich. Selbst Vicky hatte ihre aufdringliche Art beiseitegelegt und sah mich voller Sorge an.

Kümmere dich um deinen eigenen Mist.

Ich sah vermutlich verheult und völlig zerzaust aus. Doch es war mir egal. An diesem Morgen hatte ich keinen Blick in den Spiegel riskiert. Ich wollte mich selbst nicht sehen. Denn ich hasste diesen Anblick oder viel mehr diese Frau darin. Ich fand mich noch nie hübsch oder attraktiv.

Im Therapiezimmer wartete bereits meine Mutter. In meinem ganzen Selbstmitleid hatte ich ganz vergessen, dass sie heute dabei sein würde. Mein Drang, wieder umzudrehen, einfach zu verschwinden, war so stark wie nie.

››Hallo!‹‹

Ihre Stimme war leise und sanft. Sie wirkte nervös, ihre Hände gefaltet saß sie auf einem großen, gepolsterten Sessel neben der Couch.

››Hallo!‹‹

Ich versuchte locker zu sein, ihr nicht zu zeigen,

wie schlecht es mir tatsächlich ging. Doch meine Anspannung konnte man schon in diesem einen Wort hören. Kerzengerade setzte ich mich schließlich auf den freien Platz und wartete. Wartete auf irgendetwas. Wie der Baum war ich einfach nur hier. Doch ich würde den Sturm überstehen!

Würde ich das?

Alles in mir wollte zurück ins Bett. Eine sichere Zuflucht, in der ich mich beschützt fühlte.

Ein ungutes Gefühl machte sich in mir breit, als ich die Blicke der beiden bemerkte.

››Willst du uns sagen, warum du dich verspätet hast?‹‹

In mir weigerte sich jede einzelne Faser meines Körpers. Doch ich wusste, dass ich nicht bis zum Ende der Sitzung stumm da sitzen könnte. Ich ballte meine Hände zu Fäusten und antwortete kurz und knapp.

››Hab´s übersehen.‹‹

Es klang fast trotzig, wie die Antwort eines

Teenagers, der zu spät nach Hause kam.

Meine Mutter wechselte einen kurzen Blick mit Dr. Baskin, dann hörte ich, wie sie tief ein und aus atmete, als würde sie sich auf etwas vorbereiten.

››Caitlin.‹‹

Oh nein. Nein. Dieser Tonfall! Ich kannte ihn zu gut.

››Ich möchte mit dir darüber reden, warum du hier bist.‹‹

››Das weißt du doch!‹‹

››Aber ich möchte wissen warum, oder es bestätigt wissen.‹‹

Bestätigt wissen?

Ich lachte bitter auf.

››Was willst du? Ein Zeugnis dafür, dass ich verrückt bin?‹‹

Ihre Schultern verspannten sich augenblicklich und sie hielt sich an der Lehne fest, so als bräuchte sie Halt. Dann sah sie zu Dr. Baskin und als er nickte, ließ sie die angestaute Luft langsam entweichen.

››Ich möchte mit dir über William sprechen!‹‹

Meine Muskeln verkrampften sich. Tränen versuchten sich den Weg nach draußen zu erkämpfen, doch ich hielt sie zurück. Ich war stärker, meine Wut war stärker.

Ich sprang auf. Die Hände zu Fäusten geballt, bäumte ich mich vor ihr auf. Ich zitterte.

››Wage es nicht!‹‹

Erschrocken sah sie zu mir hoch. Ihr Gesicht war blass geworden. Und ihre Lippen bebten. Doch ihr Blick war noch immer wild entschlossen.

››Caitlin, bitte hör dir an, was sie zu sagen hat und setze dich zurück auf deinen Platz!‹‹, ermahnte er mich.

Er war auf seinem Stuhl nach vor gerutscht. Bereit sofort aufspringen, sollte ich ihr etwas antun. Ich ihr. Das war lächerlich.

Ich konnte mich nicht setzen und einfach zuhören, wie sie meine Vergangenheit aus dem letzten Winkel hervorholte. Das war meine Geschichte. Meine! Und ich bestimmte, ob sie erzählt werden sollte, oder nicht.

››Nein. Sie darf das nicht. Es ist mein Leben. Meine Vergangenheit.‹‹

››Du gehörst auch zu mir, Caitlin.‹‹

››Seit wann?‹‹, schrie ich sie an.

Was dachte sie sich dabei?

Nie war sie die Mutter gewesen, die ich gebraucht hätte.

Niemals hatte sie mir geglaubt, mir geholfen.

Hier ging es schließlich um mich. Nicht um sie!

Ihre Augen füllten sich mit Tränen. Für einen winzigen Augenblick tat sie mir fast leid. Doch ich musste hart bleiben, unnachgiebig. Um meiner selbst willen.

››Sag es nicht!‹‹

Ich betonte jedes einzelne Wort. Dr. Baskin sah uns gespannt zu, als wäre das Ganze eine Theaterprobe und er der Regisseur.

Warum hilft er mir nicht?

Die Verzweiflung übermannte mich.

›»Ich will das nicht!«‹, murmelte ich träge. ›»Du darfst das nicht tun.«‹

Es war nur noch ein leises Flehen. Mir wurde schwindelig. Ich sah sein Gesicht vor dem meinem. Williams Gesicht.

Übelkeit stieg in mir hoch. Unweigerlich hörte ich sein „Schsch" in meinem Ohr.

Mein ganzer Körper begann zu zittern. Ich war hilflos. Allein. Allein mit meiner Vergangenheit. Und doch wollte ich sie mit niemandem teilen.

›»Caitlin?«‹, fragte Dr. Baskin besorgt.

›»Ich will es nicht hören«‹, schluchzte ich.

Meine Mutter stand auf und setzte sich neben mich. Sie legte einen Arm um mich und drückte mich an sich. Mein ganzer Körper versteifte sich. Ich wollte diese Nähe nicht. Und auch nicht ihre Worte. Sie kamen zu spät.

›»Es tut mir leid, Caitlin. Es tut mir leid.«‹

›»Nein, nein!«‹, flüsterte ich.

Alles fühlte sich dumpf an, viel zu weit weg.

›› Ich glaube dir jetzt. Es tut mir so leid, dass ich es nicht früher konnte. ‹‹

›› Nein, nein! ‹‹

Ich schüttelte den Kopf. Immer wieder. Meine Sicht verschwamm. Überwältigt von der Übelkeit war ich unfähig, mehr zu sagen. Ich wollte sie aufhalten, alles vergraben, wie schon mein ganzes Leben lang. Doch ich hatte nicht mehr die Kraft dazu. Ich wusste, was jetzt kommen würde und hielt mir die Ohren zu.

Egal wie fest ich zudrückte, ich hörte ihre Stimme. Ihre Worte. Meine Vergangenheit.

Ich stand auf, doch meine Füße waren zu schwach. Sie gaben einfach nach und alles um mich herum wurde dunkel. Oh wie sehr ich diese schwerelose Tiefe vermisst hatte.

Ich spürte Hände unter mir, nahm vage mit, wie ich hochgehoben wurde. Türen, die sich öffneten und schlossen. Eine Matratze, die unter mir nachgab. Dunkelheit.

Tag 13

Eine Hand strich mir sanft über mein Gesicht. Ich vermutete, dass es meine Mutter war, doch zu meiner Überraschung war es Ryan. Ich hatte nicht damit gerechnet, ihm einmal so nahe zu sein. Und es so sehr zu brauchen.

››Warum bist du hier?‹‹, fragte ich erschöpft.

Es war früher Morgen, die Sonne ging langsam ihren Weg über den Horizont. Ich musste über zwanzig Stunden geschlafen haben. Vermutlich hatte Dr. Baskin mir etwas zur Beruhigung gespritzt.

››Ich habe mir Sorgen um dich gemacht. Nach unserem Gespräch hatte ich dich nicht mehr gesehen. Vicky hat erzählt, dass Dr. Baskin dich zurück auf dein Zimmer trug. Da wollte ich nach dir sehen. Es war nicht leicht, die Krankenschwester davon zu überzeugen, dass ich bleiben durfte.‹‹

››Bleiben? Seit wann bist du hier?‹‹

›› Seit gestern Abend. Du hast oft im Schlaf geweint, ich konnte dich nicht alleine lassen.‹‹

Mein Herz setzte einen Schlag aus.

Warum macht er so etwas?

Hätte ich noch gekonnt, wären mir jetzt Tränen in die Augen gestiegen, doch ich war leer. Ausgebrannt, innerlich vertrocknet.

›› Was ist passiert?‹‹

Ich suchte seine Hand und nahm sie in meine. Ein leichtes Lächeln umspielte seine Lippen. Doch sein Blick war traurig.

›› Ich kann dir vertrauen?‹‹

›› Ja!‹‹, sagte er schnell.

›› Und du vertraust mir?‹‹

›› Ja, wie niemandem sonst!‹‹

›› Dann werde ich dir davon erzählen, aber nicht heute, Ryan, nicht heute.‹‹

Ich wollte nicht noch einmal alles durchleben müssen. Nicht jetzt.

„Das ist okay."

Sein Flüstern verschaffte mir eine Gänsehaut.

Er war hier, obwohl ich ihn weggestoßen habe.

››Es tut mir leid, dass ich dich angeschrien habe.‹‹

Ich nahm seine zweite Hand.

››Und mir tut es leid, dass ich dich überrumpelt habe. Ich habe lange darüber nachgedacht. Vielleicht hattest du sogar Recht, dass wir beide unser eigenes Leben erst in den Griff bekommen sollten, aber Caitlin, was spricht dagegen, wenn wir uns dabei helfen?‹‹

Seine Worte drangen tief. Ich wollte es. Seine Nähe, sein Lächeln, seine Hände mit meinen verschlungen. Wir haben uns gutgetan. Und wenn ich ehrlich war, habe ich es vermisst. Alles an ihm. Seinen Blick auf die Dinge, das Leuchten seiner Augen, wenn er von den Bäumen im Park erzählte, seine Hände, die mir Halt gaben. Wenn er mich ansah, fühlte ich ein aufkommendes Glücksgefühl. Ein Kribbeln, das ich so noch nie gespürt habe. Es machte mir Angst. Und doch wusste ich nicht, ob ich es ertragen würde, wenn er nicht mehr in meiner Nähe wäre.

››Ryan, ich weiß nicht, inwieweit ich meinen Gefühlen trauen kann, ich bin so verwirrt, verängstigt und verzweifelt. Ich möchte dich nicht ausnutzen, nur weil ich nicht allein sein will.‹‹

››Wenn du mich lässt, bleibe ich in deiner Nähe. Denn allein deine Nähe macht mich glücklich! Es fühlt sich an, als wäre ich lange ziellos umher geirrt und mit dir macht alles plötzlich so viel mehr Sinn. Die letzten Jahre war alles so sinnlos, so routiniert, so durchgeplant. Und dann kamst du. Und ich war fasziniert von dir. Vom ersten Moment an!‹‹

Bei diesen Worten sprang mein Herz förmlich vor Freude. Das Blut schoss durch meine Adern und mein Gesicht errötete. In meinem Bauch kribbelte es wie wahnsinnig und ich wusste plötzlich, es geht mir so wie ihm.

Ich musste lächeln.

››Was?‹‹, fragte er vorsichtig.

››Du machst mich auch glücklich!‹‹, flüsterte ich.

Langsam kam er näher. Dabei sah er mich an, tief und unergründlich. Ein sanftes Lächeln huschte über seine Lippen, als er mir in die Augen sah, dann schloss er sie und überwand den restlichen Abstand zwischen uns. Ich ließ ihn gewähren. Denn ich wollte es. Diesen Kuss, ihn.

Unsere Lippen berührten sich nur sanft. Als wollte er mir die Möglichkeit geben, mich sofort zurückzuziehen. Er küsste mich zärtlich. Beinahe vorsichtig. Und ich liebte alles daran. Noch nie hatte ich so viele Empfindungen auf einmal. Mir wurde heiß und kalt zugleich. Mein Atem beschleunigte sich. Und das Kribbeln in meinem Bauch wurde stärker.

Ich zog ihn näher heran zu mir.

Ich strich durch seine Haare, während er mit seiner Hand über meine Wange strich. Ich zitterte vor Aufregung.

Seine Lippen waren so weich, als fiele man in ein Bett aus Wolken. Ich spürte ihn mit jeder Faser meines Körpers und ich fühlte mich fast vollkommen. Alles um mich herum schien vergessen. Es gab nur mich und ihn, bis plötzlich die Tür aufging. Ryan zuckte zurück und wir blickten beide schweratmend in diese Richtung.

Dr. Baskin trat ein. Sein Blick war ausdruckslos.

››Ryan. Dürfte ich dich kurz hinaus bitten?‹‹

Er nickte und warf mir einen letzten verstohlenen Blick zu. In seinen Augen erkannte ich Sorge, zugleich umspielte ein Lächeln seine Lippen.

Seltsamerweise fühlte ich mich ertappt, wie früher in der Schule, als wir in der Garderobe Flaschen drehen gespielt hatten und ich einen anderen Jungen küssen sollte.

Dr. Baskin setzte sich und meine Anspannung

steigerte sich. Er schwieg und ich wusste nicht, was er von mir hören wollte. Sein Blick wurde immer ernster.

››Was ich da gestern hören musste, ist schrecklich, Caitlin. Ich kann verstehen, dass du nicht darüber reden möchtest. Doch das solltest du. Wenn nicht mit mir, dann mit Ryan.‹‹

Ich schluckte.

››Wird er mich dann nicht mit anderen Augen sehen?‹‹

››Ich kenne ihn gut genug, um dir zusagen, dass er alles macht für die Menschen, die ihm wichtig sind. Und ihr beide ... womöglich tut es euch gut, wenn ihr euch öffnet. Er hat mir erzählt, dass er dir seine Vergangenheit anvertraut hat. Du solltest dasselbe tun!‹‹

Ich nickte schluchzend.

››Ich weiß nicht, ob ich schon so weit bin. Das gestern mit meiner Mutter...‹‹

››Das war nicht fair. Ich wusste nicht, dass sie

so etwas vorhat. Ansonsten hätte ich ihr davon abgeraten. Im Vorgespräch hat sie nichts davon erwähnt. Es tut mir leid, Caitlin.‹‹

››Und ich dachte, du wärst eingeweiht gewesen.‹‹

››Nein, ich wusste nichts davon. Sie hat damit nur versucht, ihr eigenes Gewissen zu erleichtern. Sie dachte wohl, sie würde euch beiden damit helfen. Möchtest du ihr noch etwas sagen?‹‹

››Sie ist noch hier?‹‹

Panik machte sich in mir breit. Meine Stimme klang schrill.

››Nein. Aber wenn du dich mit ihr aussprechen möchtest, würde ich noch einen Termin ausmachen. Eine Sitzung, in der du die Chance hättest, alles zu sagen, was dir am Herzen liegt.‹‹

››Nein!‹‹ Ich schüttelte den Kopf. ››Nein.‹‹

››Das ist schon okay. Du kannst auch mir sagen, was du deiner Mutter gerne sagen würdest. Vielleicht hilft es dir!‹‹

››Ich weiß nicht genau. Dass es jetzt zu spät ist, dass ich sie damals gebraucht hätte. Dass es mir wehtut. Dass ich sie vermisse...‹‹

Erneut begann ich zu weinen. Meine Tränen liefen mir über die Wangen und benetzten mein Shirt.

››Caitlin. Bitte zögere nicht, Hilfe anzunehmen. Du hast es verdient, glücklich zu sein!‹‹

››Danke‹‹, flüsterte ich und ließ mich zurück auf mein Bett fallen.

Kaum war ich wieder allein, fielen meine Augen zu.

Als ich Stunden später erwachte, knurrte mein Magen. Zu meinem Glück stand schon das Abendessen auf dem kleinen Tisch. Ich erhob mich mühsam aus dem Bett, meiner geschützten Höhle, meinem Rückzugsort. Die Jause verschlang ich so schnell, dass selbst die pikantesten Speisen keinen Geschmack auf meiner Zunge hinterließen.

Kurze Zeit später stand ich in der auf mich herabprasselnden Dusche. Die Kälte durchfuhr meinen müden Körper. Ich konnte mich spüren, etwas fühlen. Viele zu lange war ich taub gewesen, gefühllos. Und die Dusche war der einzige Moment des Tages, in dem ich mich wirklich spürte. Ryan hatte mich verändert. Auch er ließ mich etwas fühlen. Nur war ich mir nicht sicher, ob ich das wollte.

Ich stieg aus der Duschwanne und starrte mich im Spiegelbild an. Nackt, schutzlos, schweigend. Das Wasser tropfte von meinen Haaren und meiner Haut. Und ich fror. Dennoch blieb ich einfach nur stehen und betrachtete mich schweigend. Meine geröteten Augen ließen keinen Glanz mehr erahnen, sie wirkten leer. Das Gesicht blass und fahl, das Lächeln verschwunden, kein Leben in diesem Körper. Ich fühlte mich schwer. Bleischwer. Nur mit viel Mühe schaffte ich es, mich auf den

Beinen zu halten. Selbst als ich es an der Tür klopfen hörte, rührte ich mich nicht. Ich schloss meine Augen, konnte meinen Anblick nicht länger ertragen.

››Caitlin?‹‹, hörte ich Ryans Stimme vor der Tür.

››Caitlin?‹‹

Dieses Mal schon etwas besorgter.

››Ich komme‹‹, sagte ich wie in Trance.

Mein Seufzen war laut. Langsam zog ich mich an. Die Jeans klebte an der nassen Haut. Meine Haare tropften auf das Shirt. Ich hatte keine Kraft, mich abzutrocknen.

Ich öffnete die Tür und blickte in zwei besorgte Augen.

››Alles okay? Du bist ja triefnass!‹‹

Er sah mich kurz an und wartete auf eine Reaktion. Irgendeine. Doch ich konnte nur dastehen und ihn ansehen. Sein Blick veränderte sich. Er schnappte sich ein Handtuch und trocknete meine Haare ab. Und ich ließ es einfach geschehen, fühlte mich wohl dabei, so umsorgt und beschützt. Schließlich führte er mich zum Bett, schlug die Decke zur Seite und half mir hinein. Dann legte er sich zu mir und umarmte mich. Stumm lagen wir beieinander. Sekunden wurden zu Minuten. Ich konnte ihn atmen hören. Seine Nähe spüren. Die Zeit verging.

Irgendwann legte er einen Arm um mich und küsste mich auf die Stirn. Noch nie in meinem Leben hatte ich mich so beschützt und geborgen gefühlt. Ich genoss die Zärtlichkeit, seinen Atem auf meiner Haut. Ich wusste, hier kann mir nichts passieren.

Er ist für mich da.

Und plötzlich fing ich an, ohne es direkt zu wollen und erzählte ihm meine Geschichte.

››Ich habe als Kind gerne bei meinem Onkel William übernachtet. Er hat ein großes Haus und einen wundervollen Garten mit vielen Rosen. Ich kann sein Haus direkt vor mir sehen, mit seinen roten Dachziegeln und der weißen Fassade, dem üppigen Balkon und der hölzernen Terrasse. Meistens kümmerte ich mich um seine vielen Haustiere, führte sie aus, pflegte und fütterte sie. Es war eine schöne Zeit. Doch eines Abends, meine Eltern waren ausgegangen und ich übernachtete wie so oft bei ihm, änderte sich alles. In dem kleinen, rosa Gästezimmer, das er extra für mich gestrichen hatte, fühlte ich mich sicher. Er war mein Onkel, ich kannte ihn. Doch plötzlich kam er herein. Sein Blick war anders als sonst. Ich war erst zehn Jahre alt und dachte nichts Schlimmes, als er sich zu mir ins Bett legte. Er kuschelte sich an mich und schlief neben mir ein. Ich spürte seinen biergetränkten Atem auf meiner Haut. Es war merkwürdig, doch ich vertraute ihm. In diesem Alter versteht man diese Dinge nicht und er sagte immer, es sei unser kleines Geheimnis.

Als ich dann vierzehn Jahre alt war, wollte ich

nicht mehr so oft bei ihm übernachten. Doch eines Abends, als meine Eltern auf einen wichtigen Ball gingen, sollte ich wieder bei ihm bleiben. Ich wusste, dass es nicht ganz richtig war, aber ich traute mich nie etwas sagen. Nach wenigen Minuten kam er herein, grinste und kroch in mein Bett. Er fing an, mich unter meinem Nachthemd zu streicheln. Erst sagte ich nur leise nein, als ich lauter wurde, hielt er mir den Mund zu und säuselte mir ständig dieses grauenhafte „Schsch" in mein Ohr. Ich versuchte zu schreien, doch je mehr ich mich wehrte, desto grober wurde er. Also ließ ich es einfach zu. In dieser Nacht hörte ich auf zu leben.‹‹

Ryan sah mich fassungslos an. Er öffnete seinen Mund und schloss ihn wortlos wieder. Ihm fehlten die Worte. Dafür sah ich die Wut in seinen Augen aufblitzen. War er wütend auf mich? Weil ich es zugelassen hatte?

››Hast du es deinen Eltern erzählt?‹‹

Ich nickte langsam. Ryan hielt mich nun fester.

››Meine Mutter hatte mir nicht geglaubt und mein Vater machte es sogar noch schlimmer. Er zwang mich, einmal im Monat bei meinem Onkel zu übernachten, denn er glaubte, es wäre pubertäre Rebellion. Um mich daran zu erinnern, wie schön es sei, Familie zu haben, sagte er immer. Ich sollte ihm dankbar sein, ihm gehorchen.‹‹

Ryans Mund stand offen. Seine Augen waren geweitet und sein Griff wurde stärker. Als er das bemerkte, ließ er mich sofort los.

››Ich weiß nicht, was ich dazu noch sagen soll, Caitlin. Es ist unfassbar. Es tut mir so leid.‹‹

››Du musst nichts sagen. Ich weiß, dass es nicht einfach ist. Dass ich nicht einfach bin ... Ich verstehe, wenn dir das zu viel wird.‹‹

Meine Stimme war zittrig.

››Caitlin. Du bist ... ‹‹ Er seufzte schwer. ››Ich kann nicht fassen, dass dir niemand geglaubt hat. Aber ich tu es! Ich kann mir kaum vorstellen, wie du dich fühlen musst. Aber ich werde nicht weggehen, versprochen! ‹‹

Eine Weile blieb es still. Ich lag in seinen Armen und starrte zur Decke, versuchte dabei, die Bilder von meinem Onkel zu verdrängen und dafür Ryans Nähe zu genießen. Irgendwie war es sogar befreiend, fast tröstlich, Ryan davon zu erzählen. Er verurteilte nicht. Er war einfach da. Der erste Mensch, bei dem ich es nicht bereute, ihm davon erzählt zu haben.

››Deshalb auch der Selbstmordversuch?‹‹, fragte er flüsternd.

››Ja und nein. Die letzten Jahre habe ich damit verbracht, zu vergessen, zu verdrängen, vor allem aber, William aus dem Weg zu gehen. Vor einigen Wochen kam der Anruf meiner Cousine, dass sie heiraten werde. In einem schicken Hotel in Miami. Es gab nur ein Problem mit der Zimmerreservierung und da William und ich die einzigen Singles waren, sollten wir uns ein Zweibettzimmer teilen.

Lieber wollte ich sterben, als jemals noch eine Sekunde mit diesem Mann in einem Raum zu sein.‹‹

Ryan küsste mich sanft auf die Stirn und zog mich fest an sich. Er hielt mich. Minuten, vielleicht Stunden. Irgendwann erzählten wir uns Geschichten von unserer Kindheit. Schöne, lustige. Erinnerungen, die wir gerne teilten.

Ich wusste nicht, wie spät es war, aber es war definitiv später Abend, da hörte ich plötzlich ein Flüstern ganz dicht neben mir. Offenbar war ich in Ryans Armen eingeschlafen und er schien sich mit jemandem zu unterhalten.

››Sie schläft. Wir sollten sie nicht wecken. Sie hatte einen harten Tag!‹‹

››Einen Grund mehr sie aufzuwecken!‹‹

Ich erkannte Vicky an ihrer Stimme.

Irgendetwas in mir drang mich dazu meine Augen zu öffnen.

››Ja guten Morgen Prinzessin. Da suchen wir

überall Ryan und wo ist er. In deinem Bett!‹‹
Plötzlich ging die Tür auf. Ich hatte schon
Angst, dass es eine Krankenschwester sein
würde, doch es war Sarah, die leise zu uns
huschte.

››Na was ist? Kommt ihr nun?‹‹

Ryan sah mich fragend an. Ich hatte genug Zeit
damit verbracht, die Decke anzustarren, zu
schlafen, zu heulen. Womöglich war es Zeit
geworden, sich wieder ins Leben zu stürzen.
Dummheiten zu machen.

››Ich denke, ein bisschen Ablenkung würde mir
guttun!‹‹

Ryan grinste.

››Ich muss noch kurz auf Toilette, bin gleich
zurück!‹‹

Er küsste mich flüchtig und sprang aus dem
Bett.

››Und ich hole den Alkohol!‹‹

Vicky gluckste und schlich wieder aus dem
Zimmer.

Sarah hingegen blieb an der Tür stehen und wartete auf mich.

››Caitlin?‹‹

Ihre Stimme war so leise, dass ich erst gar nicht sicher war, ob sie etwas gesagt hatte. Doch ihre Augen verrieten mir, dass ihr etwas auf dem Herzen lag.

››Ja?‹‹

››Ich wollte dir nur sagen, dass ich das Gleiche erlebt habe...‹‹

››Was meinst du damit?‹‹

››Ich habe zwar nicht versucht, mich umzubringen, aber ich habe auch meine Wut und Verzweiflung gegen mich gerichtet. In Form von Magersucht und Bulimie. Ich gab mir jahrelang die Schuld dafür und jetzt, wo ich es endlich begreife, ist es zu spät. Ich komme nicht mehr heraus, aus diesem Teufelskreis...‹‹

››Sarah, ich weiß noch immer nicht, was du genau meinst!‹‹

Unbeirrt redete sie weiter, dabei blieb ihr Blick

gesenkt.

››Ich nehme an, es war jemand, dem du vertraut hast? Dein Vater?‹‹

Erst jetzt begriff ich, worauf sie hinaus wollte. Fassungslos starrte ich sie an.

››Woher... Woher weißt du das?‹‹

››Ich erkenne so etwas. Frag nicht woran oder wie. Ich bin sehr feinfühlig und spüre sofort was die Menschen bedrückt. Ryan zum Beispiel gibt sich für irgendetwas die Schuld und glaubt, dafür büßen zu müssen. Oder Frank, der offensichtlich Probleme mit Nähe hat ...‹‹

››Du solltest Psychologin werden!‹‹

Wir lachten beide, wenn auch nur kurz. Die Stimmung war zu ernst.

››Es war mein Onkel‹‹, gab ich zu und war selbst überrascht, wie leicht mir das über die Lippen kam.

››Im Grunde ist es egal, wer es war. Es ist immer entsetzlich. Egal wie sehr man versucht, die Vergangenheit zu verdrängen, sie holt einen ein und lässt nicht mehr los. Dann kommt der Moment, in dem man sich entscheiden muss, ob man kämpfen will oder aufgeben muss...‹‹

Ihre Worte brachten mich zum Nachdenken. Ich hatte Sarah wohl unterschätzt. Sie alle hier. Jeder davon hatte seinen Beitrag geleistet, damit ich mich Stück für Stück öffne, mich angenommen fühle. Und das ausgerechnet an einem Ort, an dem niemand sein will.

››Wer war es bei dir?‹‹, fragte ich vorsichtig.

››Es war mein Vater. Ich war immer etwas pummelig als Kind und das gefiel ihm. Er scherzte immer, dass an einer Frau etwas dran sein müsse...‹‹

››Deshalb der Magerwahn...‹‹

››Ganz genau! Ich wollte dir nur sagen, dass ich weiß, wie es dir geht! Und es ist schwer, sich jemandem anzuvertrauen. Schwer, sich nicht selbst die Schuld dafür zu geben. Aber wir beide, wir könnten uns gegenseitig helfen. Wir verstehen die Ängste und Gedanken des anderen...‹‹

››Da hast du recht! Und es tut gut, verstanden zu werden.‹‹

Ich wünschte niemandem so eine Vergangenheit. Doch das Gefühl nicht allein damit zu sein, war irgendwie beruhigend. Es half mir, mich in meiner eigenen verkorksten Welt etwas weniger einsam zu fühlen.

››Wir können gern mal quatschen, wenn du magst. Aber jetzt besagt die Regel, dass wir lustig sein müssen!‹‹

››Oder dürfen!‹‹

Sarah lacht. Ich habe sie hier noch nie lachen gesehen. Es steht ihr.

››Da hast du recht. Hört sich viel besser an!‹‹

Schweigend huschten wir den Gang entlang. Manchmal sahen wir uns an und mussten kichern. Es war völlig albern und dennoch ganz das, was ich im Moment brauchte.

Als wir die Tür zum Waschraum öffneten, herrschte schon gute Stimmung. Meine Blicke trafen auf Ryan, der offenbar auf mich gewartet hat. Er streckte grinsend seine Hand nach mir aus und ich setzte mich neben ihn.

››Ich dachte schon, du wärst wieder eingeschlafen.‹‹

Er brauchte meine Nähe scheinbar genauso wie ich seine. Und das verursachte ein heftiges Kribbeln in meinem Bauch. Er sah mich noch immer genauso an, wie vor meinem Geständnis. Die Welt war nicht untergegangen, obwohl ich davon erzählte. Das war beruhigend. Irgendwie.

Es dauerte nicht lange, da zog mich die Stimmung vollends mit. Es war so leicht und aufregend hier. Nichts war von Bedeutung und doch bedeuteten diese Momente hier für mich alles. Es wurde gelacht und gescherzt, getrunken und gealbert und es war, als ginge es uns allen gut. Als wäre nicht einige Stockwerke über uns die psychiatrische Station, in der wir uns tagsüber an so viele Regeln halten mussten.

Ich lehnte an Ryans Schulter und genoss die Momente der Ausgelassenheit.

Schließlich war es Zeit für die letzte Zigarette im Park. Die Stimmung wurde ruhiger, fast friedlich. Wir standen einfach nur da und starrten zum Sternenhimmel. Schweigend und doch vereint.

Als alle aufbrachen, hielt Ryan mich zurück. Wir warteten, bis sich die Tür wieder schloss, dann kam er langsam auf mich zu und drückte mich sanft gegen die Wand. Seine Arme legten sich um meine Taille.

››Ich möchte bei dir sein. Zu jeder Zeit!‹‹

Seine Worte waren kryptisch.

››Ich werde noch nicht entlassen. Oder darfst du denn schon hier raus?‹‹

››Du bist meine beste Medizin. Wenn ich bei dir bin, geht es mir gut! Wie gerne würde ich die Nacht mit dir verbringen. Einfach nur bei dir sein. Wenn wir endlich hier draußen sind, können wir uns frei bewegen. Uns kennenlernen und treffen, wie es „normale Menschen" tun würden...‹‹

Er redete in einem Schwall, ohne Luft zu holen. Sein Blick war hektisch, als hätte er plötzlich Angst, ich würde verschwinden.

››Darüber unterhalten wir uns dann, wenn es so weit ist. Im Moment gehe ich nirgendwohin, Ryan.‹‹

Er küsste mich auf die Stirn. Dann nickte er.

››Ich denke darüber nach, meinen Job zu kündigen. Ich hasse meine Arbeit. Ich habe immer nur alles getan, um meinen Vater glücklich zu machen. Ihn nicht wieder zu enttäuschen. Doch ich hasse alles daran.‹‹

Mit verengten Augen starrte er an mir vorbei. Ich zog ihn näher an mich heran, umschloss seine Hände mit meinen. Als ich hier aufwachte, dachte ich, ich hätte versagt. Dabei hatte ich nur eine zweite Chance bekommen. Eine Chance auf das hier!

Ryan sah mich endlich wieder an. Sein Blick

war voller Schmerz.

››Ich denke, es war eine Art Selbstbestrafung, für das, was mit meiner Schwester passiert ist‹‹, fährt er fort. ››Doch du hast mir die Augen geöffnet. Ich möchte nicht mehr ständig dafür büßen. Ich möchte endlich leben. Aber ich weiß nicht wie.‹‹

Ryan legte seine Stirn gegen meine. Sein Seufzen war schwer.

››Was würdest du gern tun?‹‹, fragte ich leise.

››Ich will in der Natur arbeiten, mit meinen Händen. Etwas schaffen, in der Erde wühlen.‹‹

Sein Blick veränderte sich und seine Augen begannen zu leuchten. Dabei sah er sehnsüchtig in die Ferne.

››Dann solltest du das auch tun, Ryan. Du hast es verdient, glücklich zu sein!‹‹

››Genauso wie du!‹‹

Ryan sah mich wieder an. Dabei kam er mir so nahe, dass ich ihn auf meinen Lippen spüren konnte. Wir atmeten beide die gleiche Luft ein.

Ich konnte ihn riechen, ihn spüren. Meine Hand ruhte auf seiner Brust, unter der sein Herz wild schlug. Und ich konnte spüren, dass er einen Entschluss gefasst hatte.

››Ich glaube, wir müssen gehen!‹‹

Ich wollte nicht diejenige sein, die diesen Moment zerstört, aber es musste sein...

››Warte noch!‹‹

Er hielt mich an der Hand. Dabei sah er mir tief in die Augen. Er zögerte einen kurzen Moment. Ich hatte das Gefühl, als müsse er sich überwinden etwas zu sagen. Nervös stieg er von einem Bein auf das andere.

››Ich liebe dich! Ich weiß nicht ob es noch zu früh ist, so etwas zu sagen. Aber dieses Gefühl ist so stark, dass ich es mit dir teilen wollte. Du musst nichts darauf sagen. Ich wollte nur, dass du es weißt!‹‹

Dann küsste er mich sanft. Ich war wie in Trance.

Liebe. Dafür war es zu früh. Eindeutig. Und

dennoch fühlte ich es auch. Dieses unbändige Gefühl, das mein Herz beinahe aus der Brust springen ließ. Dass mir Schmetterlinge bescherte. War das tatsächlich Liebe?

Bevor ich etwas erwidern konnte, öffnete er die Tür und zog mich hinterher. Händchen haltend huschten wir leise die Treppen hinauf. Mit einem flüchtigen, aber sehnsüchtigen Kuss verabschiedeten wir uns auf der letzten Stufe. So leise es mir möglich war, schlich ich den Flur entlang, als mir plötzlich eine Krankenschwester entgegenkam.

››Wo waren sie?‹‹

Mir stockte der Atem.

Was sollte ich sagen? Die Wahrheit? Eine Lüge?

Ungeduldig stemmte sie die Hände in die Hüften.

››Ich konnte nicht schlafen und bin eine rauchen gegangen...‹‹

››Ich habe sie vorhin gar nicht gehört!‹‹

›› Weil ich so leise war. Ich wollte doch niemanden wecken!‹‹

Skeptisch betrachtete sie mich. Ich bemerkte wie, sie beim Vorbeigehen leicht an mir schnupperte. Ich roch tatsächlich nach Rauch. Das war mein Glück.

Es dauerte eine Weile, bis ich mich entspannen konnte. Ich war noch immer so aufgeregt und euphorisch. Schon jetzt fehlte er mir. Sein Geruch, sein Lächeln, seine Küsse...

Seine Worte schwebten mir dabei die ganze Zeit durch den Kopf. Kann es sein, dass seine Gefühle echt sind? Nach so kurzer Zeit? Dass ich dasselbe fühle? Mir wünsche, wir würden zusammengehören, uns gegenseitig stützen?

Irgendwann fielen meine Augen zu und ich war kurz davor einzuschlafen, als ich hörte, wie jemand leise die Tür öffnete.

Will mich die Krankenschwester erneut kontrollieren?

Ich stellte mich schlafend, atmete tief und

flach. Plötzlich spürte ich sanfte Lippen auf den meinen. Ohne meine Augen zu öffnen, wusste ich, dass es Ryan war. Ich grinste.

››Darf ich zu dir?‹‹

Ich rutschte etwas zur Seite und als er neben mir lag, platzierte ich meinen Kopf auf seiner Brust. Eine Welle des Glücks zog sich durch meinen Körper. Das erste Mal in meinem Leben fühlte ich mich angenommen.

››Ich wollte einfach nur bei dir sein!‹‹, flüsterte er und legte dabei seinen Arm um mich. Einen Moment lang vergaß ich, wo wir waren. Es gab nur uns und diese Tausenden von Schmetterlingen in meinem Bauch.

››Ich bin froh, dass du gekommen bist.‹‹

Ich spürte sein Grinsen an meinem Kopf, dann gähnte er laut.

››Gute Nacht‹‹, hörte ich ihn flüstern.

››Gute Nacht.‹‹

Wenige Minuten später war ich eingeschlafen.

Tag 14

Das erste, was ich hörte, als ich wach wurde, war der Wind, der um das Haus fegte. Der die Fensterläden klappern ließ und ein Heulen von sich gab. Das erste, was ich spürte, war Ryan. Seine Nähe, seine Wärme, seinen Arm um mich.

››Wollen wir frühstücken gehen?‹‹, fragte er plötzlich.

Ich hob den Kopf und sah in seine müden Augen.

››Seit wann bist du wach?‹‹

››Seit einer Weile. Aber ich wollte dich nicht wecken, du sahst so friedlich aus, so glücklich.‹‹

››Im Moment fühle ich mich auch so. Und das verdanke ich nur dir!‹‹

Sein Lächeln ließ mich auch lächeln. Er küsste mich sanft, dann strich er mir durchs Haar.

››Mir ist klar, dass sich unsere Probleme nicht

in Luft auflösen, nur weil wir gerade glücklich sind. Aber lass es uns noch eine Weile genießen, okay?‹‹

Ich nickte euphorisch.

››Und wenn du reden möchtest, egal worüber. Ich bin da! Okay?‹‹

››Danke. Das Gleiche gilt übrigens auch für dich.‹‹

››Wir sind auf einem guten Weg, oder? Zumindest haben wir uns auf gemacht und das ist ein gutes Zeichen nicht wahr? Dennoch würde ich dir so gern helfen. Mehr für dich tun, als nur da zu sein.‹‹

››Alleine, dass du mir glaubst, dass ich dir vertrauen kann, gibt mir so viel! Und deine Nähe ist alles, was ich im Moment brauche!‹‹

Ryan sah nicht überzeugt aus, nickte jedoch. Dann küsste er mich sanft.

Genauso sollte ein Morgen beginnen.

››Ich weiß nicht, ob es schon Liebe ist, Ryan. Ich kann dir nur sagen, dass ich noch nie für

Jemandem so empfand. Als ich in diesem Krankenhaus aufgewacht bin, war ich wütend, enttäuscht. Ich fühlte mich als Versagerin. Doch nun weiß ich, dass es einen Grund hatte, warum ich weiterleben sollte. Und der bist du!‹‹

Er sah mir tief in die Augen.

››Du bist keine Versagerin, Caitlin. Du bist eine Kämpferin und ich bin unglaublich froh darüber, du hier gelandet bist.‹‹

Er versuchte mich zu küssen, doch ich wich zurück.

Seit Langem konnte ich wieder einmal etwas fühlen. Die Leere in mir füllte sich mit Liebe und Zuneigung, mit Hoffnung und Zuversicht. Und plötzlich wurde mir klar, dass ich mich nicht verletzen musste, um mich zu spüren, um die Kontrolle über mein Leben zu haben.

Mit Ryan konnte ich etwas fühlen und spüren, dass viel bedeutender und wertvoller war als Schmerz. Ich hatte in diesem Moment mein

Leben in der Hand, nicht das Leben mich, wie es sonst ständig war... Und das fühlte sich gut an. Bedrohlich, auch beängstigend. Aber auch voller Möglichkeiten.

Wir lagen eng umschlungen auf dem Bett, genossen den Augenblick und hingen unseren Gedanken nach. Bis plötzlich mein Magen zu grummeln begann. Der Hunger war nicht mehr zu überhören. Ryan musste lachen.

››Da hat wohl jemand Hunger?‹‹

››Ja, aber ich will nicht gehen!‹‹

››Ich kann doch nicht verantworten, dass du unter meiner Aufsicht verhungerst!‹‹

››Unter deiner Aufsicht?‹‹

Wir lachten beide. Dann stand er auf und nahm meine Hand.

››Komm schon. Wir gehen gemeinsam!‹‹

Ich hatte in meinen Klamotten geschlafen. Und die behielt ich auch gleich an.

Gemeinsam schlenderten wir Hand in Hand durch den Flur.

Einige lächelnde Blicke trafen uns. Niemand schien wirklich überrascht darüber zu sein. Manche zwinkerten uns sogar zu. Und Ryan schien die Aufmerksamkeit regelrecht zu genießen.

Nach dem Frühstück ging ich zu Dr. Baskin, der bereits auf seinem Platz saß und mich anlächelte, als ich eintrat.

››Guten Tag.‹‹

››Guten Tag.‹‹

››Wie geht es dir heute?‹‹

››Ganz gut, danke!‹‹

Mein Strahlen verriet mich wohl, denn er fragte mich, ob es Neuigkeiten gäbe. Ich war ein klein wenig stolz, als ich ihm davon erzählte, dass Ryan nun meine Geschichte kannte. Ich hatte immer solche Angst davor meine Vergangenheit hervorzuholen, dass ich sie stets verdrängte. Doch sie gehörte zu mir. Und ich wollte William nicht länger die Macht über mich geben.

››Caitlin, du machst große Fortschritte! Wenn ich daran denke, wie es dir noch vor wenigen Tagen ging und wie unnahbar du warst.‹‹

Er hatte recht. Ich war stur und trotzig, wie ein kleines Kind, dabei wollte ich doch nur ernst genommen werden. Anfangs hasste ich diesen Ort. Jetzt war er wie ein Zuhause für mich. Hier war ich sicher und aufgehoben. Hier hatte ich in kurzer Zeit Freunde gefunden und ich wurde verstanden. Außerhalb dieser Mauern war ich anders, komisch, sonderbar. Doch hier, hier war ich eine von vielen. Und es war beruhigend zu wissen, dass man mit seinem Schmerz nicht alleine war.

››Ich habe etwas für dich!‹‹

Er überreichte mir ein kleines, leeres Buch mit einem blauen Hintergrund und einem schwarzen, fliegenden Vogel darauf.

››Ein Tagebuch. Es könnte dir helfen ...‹‹

Ich nickte. Anfangs fand ich die Idee blöd, doch

desto mehr ich darüber nachdachte, desto stimmiger fühlte es sich an. Es gab Gedanken, die konnte ich niemandem anvertrauen, oder kaum in Worte fassen. So ein Buch wertet nicht, es braucht keine Erklärungen. Es nimmt, was man gibt.

››Caitlin?‹‹

Er unterbrach meine hoffnungsvollen Gedanken.

››Es ist an der Zeit.‹‹

››Zeit wofür?‹‹

››Zeit zu gehen!‹‹

››Nein...‹‹

Meine Stimme war nur ein zittriges Schluchzen.

››Ich will hier nicht weg. Was mache ich da draußen in der kalten Welt?‹‹

››Du wirst weiterhin Therapie bei mir haben. Erst täglich, später wöchentlich.‹‹

››Aber ich bin noch nicht da, wo ich hinsollte, wo ich sein möchte.‹‹

››Der Weg aus der Depression ist ein langer

Weg, Caitlin. Ich werde ihn mit dir beschreiten.‹‹

Ich wurde ruhig. Endlich fühlte ich mich an einem Ort sicher. Hier drin war ich einfach nur ich. Ich musste mich nicht verstellen, niemandem etwas vormachen. Warum sollte ich von hier gehen? Ich war noch nicht so weit.

Doch Dr. Baskin blieb hartnäckig und ich fühlte mich ein klein wenig verraten.

Gedankenverloren stocherte ich zwanzig Minuten später in meinem Essen herum.

„Was ist los?", fragte Ryan flüsternd.

››Dr. Baskin sagt, dass ich gehen muss.‹‹

››Das ist doch gut, Caitlin.‹‹, versuchte er mich zu beruhigen, doch ich hörte auch in seiner Stimme eine gewisse Traurigkeit.

››Was ist mit uns?‹‹

››Ich bin und bleibe bei dir, Caitlin. Und ich bin auf einem guten Weg. In ein bis zwei Wochen bin auch ich hier raus!‹‹

Er legte seinen Arm um mich und zog mich an

sich. Doch meinen Kummer konnte er damit nicht vertreiben. Warum nahm mir Dr. Baskin den einzigen Ort, in dem ich mich sicher fühlte? Mein Blick fiel auf Ryan, der sich neben mir mit Frank unterhielt. Sie wollten mich in ihr Gespräch einbinden, aber ich war zu unkonzentriert und verlor ständig den Faden. Meine Gedanken kreisten um diesen Ort, um die Menschen hier und dass ich all das bald hinter mir lassen sollte. Das machte mir eine schreckliche Angst. Panik durchflutete mich und das schien auch Ryan zu bemerken.

Er küsste mich sanft auf die Wange und versprach mir, dass alles gut werden würde.

››Lass uns in den Park gehen‹‹, flüsterte er mir ins Ohr, als mein Atem immer schneller wurde.

Ryan nahm meine Hand und streichelte sie sanft mit seinem Daumen, während wir schweigend hinaus in den Park gingen. Ich lauschte den Vögeln, dem Wind und auch der Stille um uns. Doch in mir tobte ein Sturm. Ich konnte ihn spüren. Er war nicht zu beendigen. Es fühlte sich an wie Stromschläge. Immer und immer wieder.

››Was ist los, Caitlin? Sprich mit mir!‹‹

Wir steuerten die nächste Bank an und setzten uns dicht nebeneinander hin. Meine Füße spielten mit den kleinen Kieselsteinen am Weg.

››Ich möchte nicht von hier weg!‹‹

››Caitlin. Dr. Baskin ist einer der besten Ärzte auf diesem Gebiet. Wenn er sagt, dass es Zeit ist, dass du bereit bist, dann solltest du ihm vertrauen! ‹‹

››Ich vertraue ihm ja auch. Aber ich glaube nicht, dass ich es schon alleine schaffe. Ich bin so schwach ...‹‹

Ryan nahm mein Gesicht in seine Hände. Dabei strich er mit den Daumen über meine Wangen. Er sah mir tief in die Augen.

››Du bist eine der stärksten Frauen, die ich kennengelernt habe! Andere wären daran zerbrochen.‹‹

››Ich bin daran zerbrochen. Ich habe aufgegeben. Ich wollte mein Leben beenden.‹‹

››Du wusstest keinen Ausweg mehr, Caitlin. Aber jetzt hast du ihn gefunden. Du weißt wieder, dass es wert ist zu kämpfen, zu leben! Du bist auf dem richtigen Weg. Gehen musst du ihn alleine, aber es gibt viele Menschen, die dich begleiten wollen! Ich möchte dich begleiten.‹‹

Ryan schaffte es immer wieder, die richtigen Worte zu finden. Er war wie ein Anker im tobenden Meer. Er gab mir den nötigen Halt und Sicherheit. Und vor allem liebte er mich um meinetwillen und das mit und trotz meiner Vergangenheit.

Er sah mir noch immer eindringlich in die Augen, als wolle er damit seine Worte bestärken. Ich konnte nicht anders als ihn zu küssen. Sanft und fest, zärtlich und leidenschaftlich. Immer und immer wieder.

Ich weiß nicht, wie lange wir so umschlungen auf der Bank verbracht haben, aber irgendwann wurde es kalt und wir beschlossen, wieder hinein zu gehen.

Ryan verschwand in seinem Zimmer, um zu duschen und ich kroch in mein Bett und schlug die erst Seite meines Tagebuches auf.

Liebes Tagebuch.
Ich kann nicht behaupten, dass es mir gut geht, aber es geht mir besser. Mein Leben scheint nicht mehr so sinnlos, so taub, so leer. Ich habe eine schreckliche Zeit hinter mir und ich habe aufgegeben. Doch das Leben hat mir eine zweite Chance gegeben und die will ich nutzen!

Voller Hoffnung schlug ich mein Buch zu, kuschelte mich in mein Bett und wartete auf Ryan.

Tag 0

Langsam erwachte ich aus einem unruhigen Schlaf. Das grelle Licht blendete meine Augen. Das Piepsen der Geräte dröhnte in meinen Ohren. Ich sah mich um.

Wo bin ich?

Dieser Raum war mir so unbekannt, dass ich verzweifelt versuchte, mich aufzurichten. Doch Klettverschlüsse an meinen Handgelenken fesselten mich ans Bett. In meinem Arm steckte eine Nadel und aus einem Beutel floss klare Flüssigkeit in meine Adern. Ängstlich sah ich mich um, versuchte zu schreien, doch mein Mund war staubtrocken. Das Gerät neben mir reagierte auf meine Unruhe und piepste nun schneller.

Wo bin ich?

Was ist passiert?

Wartete ich nicht gerade noch auf Ryan? In meinem Bett, meiner schützenden Höhle?

Da ging die Tür auf. Eine Schwester lief herein, hinter ihr Ryan.

››Ryan‹‹, flüsterte ich.

Er kam näher. Verwirrt sah ich ihn an und musste doch grinsen. Er sah albern aus in seinem Arztkittel. War das ein Scherz? Wollte er mich so zum Lachen bringen?

››Ryan, was ist passiert? Was soll das hier?‹‹

Ich musste husten. Meine Stimme klang rau. Viel zu rau. Und ich war so erschöpft. So furchtbar müde. Ich verstand die Welt nicht mehr.

Ryan sah mich stirnrunzelnd an. Er setzte sich neben mich, dabei schwenkte sein Blick zwischen mir und dem Monitor hin und her.

››Caitlin. Weißt du, wo du bist? Und was passiert ist?‹‹

››Nein. Warum liege ich hier? Was ist das für ein Zimmer?‹‹

Ängstlich sah ich in seine wunderbaren Augen, auf der Suche nach Trost, doch sie lächelten nicht.

Kein vertrauter, liebevoller Blick. Kein Ryan, der mich festhielt und mir versprach, dass alles gut werden würde.

Ich versuchte mich zu erinnern, an irgendetwas, dass das hier erklären könnte. Gerade noch lag ich in einem anderen Bett. Ich wartete auf ihn. Doch das hier ... das war so falsch. So verkehrt.

›› Caitlin. Du hast einen Selbstmordversuch hinter dir. ‹‹

›› Ja, das weiß ich noch. Das hab ich dir doch erzählt. ‹‹

Mit verengten Augen sah er mich an. Dann nahm er eine kleine Lampe aus seiner Tasche und leuchtete mir damit in die Augen.

Was soll das?

›› Vitalzeichen okay. ‹‹

Seine Worte galten der Krankenschwester, die sie in einer Akte notierte.

›› Ryan, was ist hier los? ‹‹

Mein Puls raste. Desto mehr Panik ich bekam, desto schneller piepste dieses Ding neben mir. Woher kam das überhaupt?

››Kennen wir uns?‹‹, fragte er verwundert.

Mein Kopf dröhnte. Ich war nicht fähig, mich zu bewegen. Nicht fähig, zu antworten. Das war ein Scherz. Das musste ein alberner Scherz sein, ein verkorkstes Spiel.

››Hol sie mal rein!‹‹, sagte Ryan plötzlich.

Kurz darauf betrat meine Mutter den Raum.

››Nein, nein, nicht schon wieder.‹‹

Sie blieb augenblicklich stehen.

››Willst du noch einmal dein schlechtes Gewissen erleichtern? Noch hundertmal es tut mir leid jammern?‹‹

Erschrocken sah sie erst zu mir, dann zu Ryan.

››Ist es möglich, dass sie das gehört hat? Ich war jeden Tag hier ...‹‹

Ihr panischer Blick traf mich hart.

Ryan bejahte ihre Frage und nahm meine Hand in seine.

Endlich etwas Vertrautes. Fest umklammerte ich sie.

Doch in seinen Augen konnte ich erkennen, dass nichts daran vertraut war. Er war zu weit weg. Nicht erreichbar für mich.

Der Monitor piepste immer lauter und plötzlich wurde es dunkel um mich herum. Und die Leere hatte mich wieder.

Stunden später erwachte ich erneut. Meine Mutter saß noch immer neben mir. Und als ich sie bemerkte, dass ich aufwachte, eilte sie sofort hinaus und holte Ryan.

››Wo ist Dr. Baskin?‹‹, fragte ich erschöpft.

Er musste mir einiges erklären. Ich hatte genug von diesem Spielchen. Oder war das ein Experiment?

››Dr. Baskin? Caitlin, wir haben hier keinen Dr. Baskin.‹‹

Ich musste lachen, so absurd war der Gedanke.

›Ja klar und bei wem war ich täglich um elf?‹‹
Ryan und meine Mutter wechselten wieder
einen dieser Blicke. Als wäre ich verrückt. Mist,
ich war verrückt. Das bewies ja wohl mein
Aufenthalt hier drin.

›Caitlin. Erinnerst du dich an deinen
Teddybären, den du als Kind so gerne hattest?
Du hast ihm alles erzählt, ihm vertraut. Du hast
ihn immer Baskin genannt.‹‹

Ich erinnerte mich. Ein dunkler, dicker Bär, der
immer bei mir sein musste.

So ein Zufall!?

›Wenn es keinen Dr. Baskin gibt, was ist dann
mit Vicky?‹‹

So jemanden konnte man sich mit Sicherheit
nicht einbilden.

›Vicky? Das ist unsere Krankenschwester. Sie
hat dich hier öfters umsorgt.‹‹

Nein. Unmöglich!

Die letzten zwei Wochen, was war das? Das
alles ergab einfach keinen Sinn.

››Was ist mit deiner Schwester, die tot ist?‹‹

››Ich habe keine Schwester.‹‹

Da sah ich es plötzlich. Das Foto aus Ryans Zimmer.

Es stand links von mir auf dem Nachtschrank. Und das war ich. Ein Foto von mir von vor einigen Jahren, als ich noch blonde lange Haare hatte. Mein Herz stockte. Ich konnte es spüren. Es zersprang in tausend kleine Teile.

››Das ist, das ist unmöglich‹‹, seufzte ich.

Tränen liefen über meine Wangen.

››Es gibt viele Berichte darüber, dass Patienten, die im Koma lagen, wirre Träume hatten. Sie können so real sein, dass sie ...‹‹

››Koma?‹‹

Meine Stimme versagte. Das durfte nicht wahr sein. Das war unmöglich. Ein Traum? Niemals. Ich hatte endlich Gefühle, habe diese Leere überwunden. Und dann soll das alles nicht real gewesen sein?

››Du hast mir doch ständig von den Bäumen

erzählt.‹‹

Ryans Augen wurden größer.

››Das stimmt sogar. Ich erzähle meinen Komapatienten öfter etwas, weil ich der Meinung bin, dass es ihnen hilft.‹‹

Meine Mutter warf Ryan einen kurzen verwirrten Blick zu.

››Das ergibt keinen Sinn.‹‹

Ich schüttelte den Kopf.

››Manchmal kommt es vor, dass Komapatienten sehr viel mitbekommen, was um sie herum geschieht und im Kopf wird dann alles zu einer sehr realen Geschichte. Meine Geschichten, Vicky, die Krankenschwester ... dazu Erinnerungen aus deiner Kindheit. Ich verstehe, dass es ein Schock für dich ist. Aber du bist hier sicher. Wichtig ist, dass du aufgewacht bist!‹‹

Da war ich mir nicht so sicher. Ich wäre viel lieber dortgeblieben, wo ich war. Die Realität war viel zu hart, zu kalt, zu echt. Ich wollte das nicht. Es war zu viel. Endlich war ich so etwas wie glücklich gewesen und dann sollte das alles nur Fantasie gewesen sein? Ich hatte Hoffnung, Zuversicht, Gefühle und all das wurde mir wieder genommen. Am liebsten hätte ich sofort beendet, was vor zwei Wochen missglückt war. Ich schämte mich, hasste mich.

Ryan saß ganz ruhig neben mir, während ich versuchte, mit all dem klarzukommen. Hin und wieder sah er auf meine Herzfrequenz. Sein Blick blieb kühl. Dabei vermisste ich sein Lächeln, seine strahlenden Augen. Wie konnte ich mich nur in ein Fantasiebild verlieben? Es tat weh, ihm so nahe zu sein und ihn doch nicht berühren zu können.

››In wenigen Tagen werden wir dich verlegen. Von der Intensivstation auf die psychiatrische Abteilung. Dort können sie dir besser helfen, es zu verstehen. Zu verarbeiten.

››Nein. Ich will bei dir bleiben‹‹, flüsterte ich.

Seine Augen weiteten sich. Er wand verlegen

den Blick ab und ich schämte mich für meine Worte.

››Ich kann verstehen, dass für dich alles noch sehr verwirrend ist. Vor allem, wenn wir uns in deinem ... Traum sehr nahe waren.‹‹ Er machte eine lange Pause, in der er durch das Fenster nach draußen sah.

››Ich werde nach dir sehen, okay?‹‹, versprach er leise und es kam mir vor, als bereute er seine Worte, sobald sie seine Lippen verlassen hatten.

Ich nickte nur, war nicht fähig, etwas darauf zu erwidern. Das alles ergab noch immer keinen Sinn für mich.

››Jetzt lasse ich dich allein. Du brauchst noch Ruhe.‹‹

Er warf einen kurzen aufmunternden Blick meiner Mutter zu, dann verschwand er.

Aus dem Zimmer, nicht aus meinem Herzen. Leider. Ich fühlte mich zu ihm hingezogen. Einem Mann, der mir Geschichten erzählte, während ich im Koma lag.

Meine Mutter sah mich besorgt an. Ich hatte Angst davor, mit ihr alleine zu sein.

››Ach Caitlin, ich habe mir solche Sorgen um dich gemacht. Es tut mir so leid, dass wir dir nicht früher geglaubt haben.‹‹

Ich atmete tief ein und wieder aus, dann wagte ich es.

››Tust du es denn jetzt?‹‹

Sie nickte leicht und begann zu weinen.

››Es gibt keine Entschuldigung für das, was wir dir angetan haben. Es war ... William ist ...‹‹

Sie schüttelte den Kopf, bevor sie weitersprach.

››Es tut mir so leid. Wir sind für dich da, Caitlin. Wenn du uns lässt!‹‹

››Was ist mit William?‹‹

››Er wird dir niemals mehr zu nahe kommen!‹‹

Meine Mutter hatte Tränen in ihren Augen. Vorsichtig griff sie nach meiner Hand und ich ließ sie gewähren. Ich wusste nicht mehr, was real war und was nicht, doch die letzten

Wochen hatten etwas in mir verändert. Es war absurd, doch während des Komas hatte ich damit begonnen, mich meiner Vergangenheit zu stellen. Ich konnte darüber sprechen. Es war schmerzhaft. Aber ich kam damit klar. Als wäre ich stärker geworden.

Es war nur ein kleines Licht am Ende des langen Tunnels, doch ich war nicht mehr so verzweifelt. Ich hörte einen Vogel vor dem Fenster und als ich den Kopf in Richtung Fenster drehte, saß ich einen schwarzen Raben, der mich direkt ansah. Da fiel mein Blick auf den Nachttisch neben mir. Darauf lag ein kleines Büchlein. Es war blau und darauf war ein schwarzer, fliegender Vogel zu sehen.

››Wo ist das her?‹‹, fragte ich krächzend.

Meine Mutter zuckte nur mit der Schulter und reichte es mir auf meine Bitte hin.

Ich öffnete die erste Seite. Sie war leer. Ich zog den Stift aus dem seitlichen Band und schrieb:

Tag 1: Ich weiß, ich kann es schaffen!

Danksagung:

Danken möchte ich allen, die an mich glauben!
Als Autorin wird man nicht immer ernst genommen, oft belächelt.
Doch es gibt auch jene, die da sind. Wenn man zweifelt, wenn man unsicher ist, wenn man mit den Protagonisten mitleidet und man nicht ganz selbst ist ...

Und danke auch dir. Dass du dieses Buch gelesen hast, dass du mich dabei als Autorin unterstützt. Und womöglich sogar eine Rezension hinterlässt.

Wenn du Fragen, Anmerkungen oder Feedback hast, kannst du mich auch gern auf Instagram unter kathischreibt_ kontaktieren.
Ich freue mich über eure Nachrichten!